十米真相

〔日〕米泽穗信 著

林青华 译

著作权合同登记:图字 01-2017-5617 号

Original Japanese title: SHINJITSU NO 10 METORU TEMAE (How Many Miles to the Tru
© Honobu Yonezawa 2015
Original Japanese edition published by Tokyo Sogensha Co., Ltd.
Simplified Chinese translation rights arranged with Tokyo Sogensha Co., Ltd.
through The English Agency (Japan) Ltd.

图书在版编目(CIP)数据

十米真相/(日)米泽穗信著;林青华译.—北京:人民文学出版社,2017
ISBN 978-7-02-013460-1

Ⅰ.①十… Ⅱ.①米… ②林… Ⅲ.①短篇小说-小说集-日本-现代 Ⅳ.①I313.45

中国版本图书馆 CIP 数据核字(2017)第 255174 号

责任编辑	朱卫净　王皎娇
装帧设计	钱　珺

出版发行	人民文学出版社
社　　址	北京市朝内大街 166 号
邮政编码	100705
网　　址	http://www.rw-cn.com
印　　制	上海利丰雅高印刷有限公司
经　　销	全国新华书店等
字　　数	150 千字
开　　本	787×1092 毫米　1/32
印　　张	10
版　　次	2018 年 1 月北京第 1 版
印　　次	2018 年 1 月第 1 次印刷
书　　号	978-7-02-013460-1
定　　价	58.00 元

如有印装质量问题,请与本社图书销售中心调换。电话:010-65233595

目 录

十米真相 / 1

正义汉 / 65

恋累情死 / 85

青史留名之死 / 159

关于丢失小刀的回忆 / 205

走钢丝的成功例子 / 267

十

米

真

相

一

早雪斑驳地覆盖了日本东半部，挺难得的。早上天亮，我来到名古屋电车站。

预定搭乘八点钟的"信浓号"前往盐尻。列车时刻表因好几条交通线而混乱，但据说我们那班电车会准点发车。

按计划，我在车站跟另一人会合，但那家伙在电车进入站台时，还不见露面。我看看表，掏出手机。当手机显示对方电话号码时，身后传来喘着气的打招呼声：

"对不起，我迟到了。"

我收回手机，回头。

"幸亏还赶上了。"

跟我会合的藤泽吉成喘不过气来。他的羽绒服没拉上拉链,衬衣扣错了一个扣子。他的头发倒竖,有点儿油腻;胡须也没刮干净。眼睛通红,眼袋明显。

藤泽不停地抠着脑袋。

"啊,实在抱歉。"

"别在意。昨天睡晚了?"

"何止呀,几乎是通宵。"

"是吗?我还拉你出差山梨县,不好意思啦。"

发车铃声响起,我用手势示意藤泽赶紧,我们上了"信浓号"的对号入座车厢。

"好久没跟您搭档啦,我很开心。"

坐下的时候,藤泽说了这么一句。因为列车启动的轰鸣声响起,我什么也没说。

"信浓号"属中央本线下行,对号入座车厢有六成客满,乘客都是欢快的年轻人。

藤泽小心翼翼地把摄影包放上行李架。他环视车厢之后,坐下来,对我耳语道:

"乘客意外的多啊。"

"噢，照理离旺季还早。"

昨晚长野、山梨和群马的一部分，连平原地区也都积了约一厘米厚的雪。此时离冬季运动尚早，且今天并不是节假日，似乎已有性急的大学生前往滑雪场了。

两眼红红的藤泽拍拍自己脸颊振作精神，过来问道：

"我还不大明确，今天这趟差要采访什么呢？"

藤泽是新人，今年才分到我所在的《东洋新闻》大垣支局。他是作为摄影师录用的，但在《东洋新闻》，即便是摄影师也至少要做一年记者以积累经验。我多少有责任带他，但现在距他分过来已半年多，他现在手上已有自己一摊事情。虽然不必像最初那样事事带着他跑，但这次情况特殊。

藤泽说："我听说是'掌控未来'的事件？"

"对，"我仍脸朝前方，只转过眼睛看他，"你知道早坂真理这个人吧？"

"她是'掌控未来'的文宣吧？人称'超级美女'文宣，经常上电视的。"

我点头。

早坂真理担任风险企业"掌控未来"的文宣负责人，是社长早坂一太的妹妹。一太创办公司时，她还是个大学生。随着公司急速增长，她被电视台、周刊杂志当成了吉祥物。真理妩媚动人，脑瓜子转得快。她出席综艺节目时，对人笑容可掬；出席报道节目时，对评论员的刁钻提问也答得头头是道。但是，当"掌控未来"的经营状态开始恶化时，她也减少了露面，这是合乎情理的。

"掌控未来"在四天前被揭露经营上出了问题。即便在所有媒体转来转去的消息中，也没有早坂真理的身影。

"我没见过她。她实际是个什么人？"

"是个好女孩啊。很棒。"

"您这么坦率表示赞赏的，可极少有呢。"

"我倒不觉得有这种事。"

藤泽脸上忽现讶异之色：

"那，为什么是您跟我来跑早坂真理呢？"

我正眼看着他，他的脸红了起来。

"……不好意思……昨天一忙，就没能过一遍新闻——是我说了不着调的话吧？"

我没打算给他冷眼，让他自感羞愧；反倒是在他忙碌一天之后,第二天就拉他出差,让我感到歉意。我摇摇头。

"不,一句话就能说明白:社长一太和妹妹真理失踪了。"

"掌控未来"是三年前创业的新公司。这家公司通过互联网联系,提供送日用品和药品上门的服务。社长一太创业时二十六岁。也许是年轻社长与为老人服务的业务相结合挺稀罕的,商业杂志很热衷报道此事,而一太则非常自信地说:信息革命,就是福祉革命。

一太抓得很准。"掌控未来"急速成长,通过大肆宣传得以在纳斯达克(创业板)上市。之后,他又开拓了新业务。他招募会员,用筹集的资金与农户或畜产户签订合同,开展将有机的农畜产品送上门的业务。这项业务并不局限于批量购买,它有投资的方面——将剩余产品出售,获利返还给会员们。

从结果上看,这项业务要了公司的命。分红按照约定发了,但有披露的文件资料表明,这些资金是靠新会员的入会费临时撑的。一般认为农畜产品生意从相当初期起,便是一旦没有资金流入就会破产的。

因为六月份和九月份分红不顺利,股价开始下跌,这里面有对股东解释不力的原因。从十一月中旬起，连日来跌停板。进入十二月，"掌控未来"终于不能维持经营了。一太不仅被追究经营责任，部分媒体还视他为欺诈，蓄意让企业破产。

"一太和真理是大垣出身。"

"是吗？"

听我这样说，藤泽似乎不以为然。这也不奇怪。"掌控未来"的失败是全国性大新闻，东京总社的社会部或经济部会有动作，无需支局记者插手。

藤泽迟迟疑疑地问道：

"您跑这件事情，支局长知道吧？"

"……应该是——默认了。"

"请等一等。"

他在狭窄的座位里扭过身子，正面朝向我。

"那么说，是这么回事——我们是去拿早坂真理的新闻，跟总社唱对台戏，对吗？"

"虽然说'唱对台戏'有点儿夸张。"

我低下视线。

"但可能惹怒某个人吧。"

藤泽的表情略显僵硬。我还是应该一开头就说清楚的。

"我觉得是对不起你。虽然是我硬拖你出来的，但你要是感觉不妥，就下一站下车吧……其实昨天要跟你说这事的，但没联系上。"

他听了，笑了一笑。

"哦，不必啦。"

"不必——？"

"您说觉得不妥就下车那事。我明白这是您'赌一把'的话，也就好有思想准备了。我跟您走。"

"……谢谢。"

"不用客气。只不过，跑这件事，不需要摄影师吧？"

列车播音响起，马上就抵达多治见了。对号入座席的乘客没有一个人起身。

"你一起来事情就好办了。"

抵达多治见前，有必要强调一下的。我快快往下说：

"你听完做一个判断：虽然难于启齿，但早坂真理尚未找到。'掌控未来'的子公司在平塚，我们的同行都集中在那儿，但似乎都找不到一太和真理。"

"哦……那我们为什么去甲府呢？"

"我有消息。平塚不对,至少真理不在那儿,我认为她在甲府附近。不过,还不是确切的消息……这个问题,让我再想想。"

藤泽嘟起双唇不满地说:

"太刀洗女士,我好歹也是跑新闻的人。"

"……"

"对于白跑一趟,我有思想准备。"

"没错。"

我感觉到嘴角松弛下来了。我想多了,似乎认为对方是新手。

"对不起,我说了失礼的话。"

车窗外是市区,列车减速了,进入一个大得令人意外的车站。数十秒钟的停车时间里,没有人离开座位,也没有人上车。从这里往前,铁路线将沿着东山道进入山里。

我正观赏缓缓呈现的景色,藤泽来问道:

"还有一点,希望您告诉我。"

"什么呢?"

"您为什么这么想采访早坂真理?"

家家户户的屋顶和田野上,昨天的雪只有一点点尚未融化。

他是说，你作为一个公司职员，为什么甘愿走险路、过危桥呢？我仍旧脸朝车窗外，说道：

"之前，我采访过回乡时的早坂真理。对当时愉快的气氛、她思维的敏捷、并不强加于人的态度印象深刻。当时，我还访问了她的同学和老师，他们都喜欢早坂真理。自从有消息传'掌控未来'涉嫌诈骗之后，他们还打电话到支局来，说那女孩不会搞诈骗的，也许他们——尽管一太和真理都生意失败了，但他们并不是坏人……在我们支局负责的区域，早坂兄妹的消息有极大的关心度。既然这样，来一次采访也是顺理成章的吧。"

"噢……是吧。"

藤泽嘴里挤出来几个字回应，他又舒一口气，说道：

"……那，您获得的消息，有什么内容呢？"

特快列车"信浓号"向东奔驰的速度，对于习惯了新干线的人来说，实在是太慢了。时间充分得很。

二

早坂一太和真理兄妹之下，还有个妹妹弓美。弓美今年二十三岁，大学毕业。她与"掌控未来"的事情没有关系，在名古屋市内的阿帕莱服装公司工作。

我采访真理时，弓美也在父母家，所以我们也交换了名片。昨天下午，我一听说一太和真理下落不明，立即联系了弓美，问她是否知道二人下落。弓美正在上班，说话不大方便，但她并不见外，在说明自己一无所知之后，补充道：

"没事的，哥哥和姐姐从小就爱玩失踪，不必费心寻找，他们稍后就会若无其事地回来。"

但是，数小时之后——晚上过了九点，这回是弓美打来了电话。她挺困惑地说道：

"姐姐来电话了。噢……如果不是太打扰的话，您现在过来一下好吗？"

弓美住在名古屋市的金山。我看看手表，约好一个半小时之后见。

弓美所住的公寓楼是一座五层楼房，距离金山电车站步行七分钟。大楼大门是自动控制的，还有机械式的停车场。弓美住在最高一层，不知间隔如何，但起居室足有十二张席子大小。弓美端来红茶，放在玻璃桌面上，散发着挺浓烈的香气。

"情况如何？"我催促道，弓美这才带着歉意说道："对不起，这么晚把您叫来。

"接近九点钟时，姐姐来电话了，她好像醉得不轻。我问她是在哪里，她好像没听进去，还没说完就挂断了电话……我想还是找找她比较好吧，可报警寻找的话，即便找到了，也可能被警方带走。因为姐姐的情况还没对人说，所以也不方便跟朋友或者公司的人商量，真不知该怎么办才好。"

"掌控未来"经营失败，且不说真理，一太要被追究某些方面的法律责任，恐怕是免不了的。但这跟报了警就要被带走是两码事。不至于因为报警寻人，这人就要被逮捕吧。尽管如此，我也能理解弓美犹疑不定的心情。

"我明白了。只要我能办到的，就让我来吧。你详细告诉我，电话里说了什么？"

弓美把一个录音机放在玻璃桌面上。

"我把这个东西放在手头，打算她随时来电话都可以。开头部分没录上，后面的应该听得出来。"

我又问了几句，看还有没有其他线索，但弓美原本就跟一太没联系，跟真理也快半年没联系了。她对二人的近况一无所知。

"父母也问过我是否了解情况，但刚才那次通话真的是第一次联系。"

"是么……总之，我们来听听看吧。"

我按下了播音键，像弓美说的那样，播放的是从对话中途开始录音的声音。我为了听得清楚，把头发拨到一边，将耳朵凑近去听。

这份对话的文字资料，是昨晚做的录音整理。

弓美：……姐，你现在在哪里？爸妈都在担心你。

真理：现……现在吗？我在车里。我喝了酒，现在在看天空。

弓美：你平安无事吗？我看了电视报道，挺担心的。

真理：看电视纯属浪费时间。对了对了，你原本就是个电视迷！

弓美：姐，你喝醉了吗？

真理：（呕吐声）。

弓美：你没事吗？要我过来吗？

真理：你说什么呀，你得上班啦。我呀，丢了工作啦。

弓美：我看你醉得不轻呢。对吧？

真理：也不叫没事吧，刚才让一个男人照料。他挺会说话，模样也还行，有点儿戏。

弓美：你说什么男人啊？姐，你还行吗？还跟那人在一起吗？

真理：我当然没事！多余的操心。

弓美：哎，你给爸妈打电话吧，他们都很担心。

真理：我考虑考虑。

弓美：你告诉我吧，你现在在哪里？

真理：噢……我在奶奶家附近。不过，那个嘛，还是不行的。我不能去见她。

弓美：怎么会不行呢？奶奶会很高兴的呀。

真理：那边又没有酒店，车胎又那样子，所以开不动了，真没办法。

弓美：没事的啦，你尽管去奶奶那儿吧。今晚挺冷的。

真理：没事，我吃过像面条的东西啦，现在挺暖和的。哎，弓美，我也该是适应了做普通人的呀。

弓美：姐，你说什么呀？哎，别说了，你就说在哪儿，好吗?

真理:弓美有了自己喜欢的工作,太好了。别让人家说你是我和哥哥的妹妹。

弓美:哎,你说的"奶奶",是哪边的"奶奶"?

真理:我喜欢你,弓美。

弓美:姐,怎么了?

真理:早点儿睡,别感冒了。再见吧。

弓美:姐,喂喂……

弓美听着自己和姐姐的对话,不停地捏着脖子。

"姐姐爱喝酒,但不该醉成这样的。还是年龄的关系吧。"

我只问了那时候该问的问题。

"早坂小姐,'奶奶'住在哪里?"

弓美利索地答道:

"爸爸那边的奶奶住在山梨县幡多野町,妈妈那边的奶奶住在静冈县的御前崎。"

"爷爷外公都健在吗?"

"外公去世了。"

"那么,'奶奶'可以认为是指妈妈老家吗?"

弓美摇头。

"不，我觉得，姐姐说爸爸的老家，也说'奶奶家'的。"

"平时就那么叫的?"

"对。"

"会跟哪一边特别亲近点吗?"

稍停了一下，弓美又摇摇头。

早坂真理正去往静冈或山梨的哪一方，此时我已经心里有数，但也不说出我的推测。我说的是：

"我明白了。有了这些资料，肯定能找到的。"

弓美连忙弯腰致谢：

"千万拜托您了。"

"交给我吧。还有一点，我方便问吗?"

"……您问吧。"

"你为什么跟我联系?你这里肯定有过许多其他的采访申请。你只跟我联系，是为什么呢?"

马上就有了回答。

"姐姐以前说过，各种杂志、电视台，都喜欢很随意地捏造姐姐的形象。会把仅仅十分钟的话，添油加醋弄成姐姐的'心里话'。

"她说,只有太刀洗女士不一样。据说她一开头感觉您冷冷的,可是跟您聊起来,回答您的提问时,还能够引发自己原先没觉察到的想法。她挺高兴地说,只有太刀洗女士真正在听自己说话。之所以选择您,就因为这个。"

我记得那次采访。但是,早坂真理读过登出来的报道了吗?我不知道,是否事情我都做到位了。

我说道:

"谢谢。她比谁都清楚,自己能吸引顾客。可她还是相信'掌控未来'的事业能让许许多多的人幸福,妥善应对荒唐的提问和要求,总是笑容可掬……我喜欢早坂真理小姐。"

录音机不能借走,我就请她转录了声音素材。

辞别金山的公寓楼时,已近零点。

尽管昨天没睡好,藤泽还是眨巴着眼睛,静静地听我说话。

"我觉得,要是早坂真理被找到了,她肯定很憔悴。"

我这样说道。

"得到了早坂真理的解释，也就能让在家乡担心她的人、她妹妹弓美放心了。不过，因为我想尽早寻找，就把你也叫上了。"

藤泽点点头，什么也没说。

我从自己的包里取出一个透明文件夹，递给藤泽。

"这是抄录的通话情况。早坂真理所在地点的直接线索，目前就只有这个东西了。"

藤泽读了一遍文件夹里的A4打印纸，慎重地说道：

"电话上没说在哪里啊。"

"感觉是故意不说的，虽然似乎没啥好瞒的样子。"

他又聚焦在通话记录上，未几仰望天花、揉揉眉头，嘀咕道：

"就这个，搞不清楚啊。"

"是吗？"

"既然我们是往甲府去，那您的感觉就是山梨方向不对劲了吧。搞不清楚啊……这是赌百分之五十的胜率吧。"

"虽然是赌，但感觉是挺有利的赌法。"

车窗外的风景，不知不觉中转变为信浓的白色山野。两眼红红的藤泽一直在沉思。

一会儿,他回应道:

"不知道。"

原先觉得没必要解释,可觉得那样太对不起干了通宵还参与的藤泽。我伸出手,用手指点某处通话记录。

"看这个地方。"

"……是'车胎又那样子,所以开不动了'?"

"对。"

我把通话记录从藤泽手上抽出,放入透明文件夹,装回包里。

"请等一下,只是那个地方吗?"

"你说'只是'?"

"应该是车胎有点什么吧。因此就能说是山梨而不是静冈了吗?"

传来了轻快的旋律。车厢广播开始了:

"列车即将到达盐尻、盐尻。请注意不要遗忘自己的物品。"

车窗外,雪景渐渐变为街景。我说道:

"虽然也不是绝对没有爆胎的可能性。"

"啊!"

"应该是个普通轮胎吧。"

藤泽发出一声"呵"。

特急列车开始减速。

"东日本的广大范围昨天降雪了，山梨也有少量的积雪。因为早坂真理的车子是普通轮胎，所以遇上积雪就很难开了吧。因此有'车胎又那样子，所以开不动了'的说法。为了慎重起见，我查了天气资料，降雪的是东北全境和新潟县、长野县、山梨县和群马县。静冈县的御前崎市没有观测到降雪。"

我戴上米色的围巾，打领带结。

"早坂真理昨晚是在山梨县幡多野町吧。我们换乘'梓号'后休息一下。抵达甲府后我叫醒你。"

三

时间表打乱的换乘费了些时间，"梓号"抵达甲府时已经接近十二点。从车内看甲斐路，只有轻描淡写的积雪，而那仅有的雪仿佛已被城市的热情融化殆尽，甲府没有雪。巴士驶入站前的大型交通岛，上下车乘客稀稀拉拉。

我深深吸一口气。自己从名古屋过来，所以感觉空气有点儿异样？但只是胸口寒凉而已。

"坐出租走吧？出租车以前是在那边。"

藤泽肩挎大摄影包，手指着交通岛的一角。我轻轻摆一下手，掏出手机，按了一个存好的电话号码。

"喂喂，我是早上电约的太刀洗，《东洋新闻》的。"

对方是甲府的出租车公司。我早上约了车，还说了从盐尻站换乘时的延迟。我问对方车停在哪里，对方在电话里说：

"您是在南口的正面吧？我马上转过来，请原地稍等一下。"

我挂断电话，藤泽笑着说：

"没必要事前安排吧？"

出租车停车场里，有不少空车在待客，一眼望去也有超过二十辆。的确，只是乘车的话，不必特地预约也能马上坐上吧。

我没有回答。藤泽突然变回一脸认真的样子，说道：

"老实说，我真没有察觉下雪和轮胎的关系。不过，我们之后要怎么做？有什么要我帮忙的，您说吧。"

"谢谢……对了，藤泽君，肚子饿了吧？"

藤泽一下子摸不着头脑：

"啊？哦，也不是不饿啦。嗯，您是否先说一下后面的行动计划呢？"

"我会仔细说的，等中午吧。"

"也行——出租车来了。"

"我们坐出租去。"

甲府车站前大楼鳞次栉比，密密麻麻地挂满广告牌。有消费者金融的广告牌、英语会话班的广告牌、商务酒店的广告牌、本地酒的广告牌，还有当地风味特产的广告牌。我抬起视线，也没特别看向哪里，问道：

"你吃过馎饦吗？"

"我……没吃过。"

"知道吧？"

"就听过名字。是什么东西？"

"是山梨县的风味特产哩，我挺喜欢的。今天中午我们吃馎饦。你有不爱吃的东西吗？"

藤泽加强了语气：

"假如想今天之内返回名古屋的话，时间就挺紧的了。

车站里面有简单吃吃的店子吧。"

"饽饦可不能不吃呀。你也外出采访过吧？对风味特产兴趣不大？"

"看情况吧。今天不大来情绪。"

一辆黑色出租车开近来。我见车子闪危险信号灯示意，便挥手回应。从车体大小和蜡光看，出租车公司为我安排了豪华轿车。

"我应该说清楚一般的车子就行了。"

藤泽也耸耸肩。

"这车子有点儿显眼呢。"

"也行吧。上车？"

出租车停在跟前，车门打开。司机下车，一丝不苟地鞠躬致意。

"您是太刀洗女士吧，我叫馆川，今天为您开车，请您吩咐。"

这是一位四十左右、略显消瘦的男子，不做作的笑容令人愉快。他看见藤泽的摄影包，马上说：

"请放行李。"

他敏捷地回到车上，打开车后行李箱。

我只说了目标是幡多野町，先出发了再说。我又问抵达的时间，回答说三十分钟左右。

车子从甲府站往南行驶。天空广阔，但电线却显得低垂。出租车是定额租用的，没有打表。

"昨晚的雪下得怎么样？"

我一问，司机用快活的声音回答道：

"还好，不碍事。"

"我听说堆积起来了。"

"因为黎明时分积了薄薄一层，所以这辆车也更换了无钉防滑轮胎，否则让人提心吊胆的。不过，太阳升起来后，雪都化了。"

的确，路过的街道几乎看不到雪。

一旁，藤泽压低声音说话：

"太刀洗女士，我刚才是那么说了，可现在又有点儿饿。饿了嘛，毕竟有点儿……那个。"

我点头，问司机：

"司机师傅，我们想在幡多野吃午饭，您可以介绍一家店子吗？"

后视镜中，司机透过眼镜瞄了一下我。

"没问题。您不是指定要熟悉幡多野的司机吗？我就是幡多野生、幡多野长、现在又住在幡多野的人。交给我吧。"

藤泽瞥了我一眼。事前安排好出租车的意义，他该明白了吧。这回采访没时间且不了解当地，绝对需要熟悉当地情况的司机。

"只是，幡多野是个小镇，也没啥地方观光，店子也不多。"

"谢谢。那么，有馎饦做得好的店子吗？"

回答里头包含着笑意。

"哦，有啊。说到馎饦，有许多店子是面向游客，方便吃馎饦的。这幡多野的店子，全都是从前的、地道的做法。"

"晚上开到比较晚、还供应酒的店子就行。"

"晚上比较晚？甲府市中心没有，不过有开到八点左右的，也备有本地酒的啦，应该中午也开门的。"

再问了一个问题。

"那家店子的固定休息日是周几？"

"好像是周三。"

"还有其他店子吗?"

前方信号灯变成黄色,出租车减速。完全停好之后,司机歪着头说:

"其他么?我想想看。"

红色信号灯变为绿色,出租车又行驶起来。

"……说来有那么一家,酒就只有啤酒了。味道不坏,就有点儿偏僻,离市区远吧。固定休息日呢,好像是周日的样子。不好意思,我很少去那里。"

"那就麻烦您去这一家吧。"

"吃馎饦的话,我还可以推荐其他的店。"

出租车来到一段弯路,司机没有看后视镜。但是,我稍微鞠一下躬。

"谢谢啦。回来晚了的话,晚上麻烦您再带我们去。"

司机并没有被影响情绪,说道:

"明白,我开到那边去。"

车站前鳞次栉比的大楼早已没有踪影,有大招牌和停车场的店子多了起来。那些也渐渐看不见了,瓦片屋顶的民居渐渐醒目起来。房子间的距离稀稀落落,道路也不觉变窄了。收获过的田地映入眼帘，这在市区是看不到的。仅剩的残雪零零星星。一旁，藤泽在打瞌睡。

"要开收音机吗？"

司机突然说道。

"不了，谢谢您的好意，我的同事在休息。"

"噢噢……不好意思，您是工作出差啊？"

"对。"

"因公来幡多野的，很少有呢。"

我是报了《东洋新闻》太刀洗的名字，请出租车公司安排的，看来这个信息没有传达到司机。我也没必要特地解释，就含糊地应了个"对"字。也许是顾忌藤泽在睡觉，司机没再说话。

我用手表算了下时间。司机说到幡多野三十分钟，但超过了一点点，也许是要去的店子在郊外的原因。开了三十五分钟，超越了一辆自行车之后，司机小声提醒：

"快到了。"

我应一声，捅捅藤泽的胳膊。也许包裹着厚羽绒服的胳膊轻轻捅一下没感觉吧，他还是没醒，我就摇醒了他。

一片开阔的农田中，孤零零建起一所房子。刷白粉的墙壁撑起三角形的屋顶，颇具民俗风。屋顶两端的山形板上还有木格子。塑料招牌挂在前面，绿底白字写着"用餐处"。店子前面有宽敞的停车场，我们的出租车开了进去。可停数辆车子的停车场就我们一辆车。

"好，到了。"

"谢谢。难得一路相伴，一起用餐吧？"

我试图邀请他，但司机摇摇戴白手套的手。

"不了，我吃过了。你们也得说说工作吧，我就不方便在场了。我就在这附近，到时您打一下我的手机。好了我打开车门了。"

我拿起包，车门开了，冷风刮进来。这时，藤泽突然大喊一声：

"危险！"

响起一声尖锐的金属摩擦声。

我一看，紧挨着打开的出租车门，停着一辆自行车。响声是自行车刹车的声音。

大概是自行车刚要从旁超越出租车时，车门打开了吧。我感觉没撞上，但司机早已下了车，绕到车门一侧来。

"您没事吗？"

骑车的是一个年轻人，我看清楚了。

他脸庞绷紧，神色精干；头发有点儿天然鬈，五官轮廓清晰。因为天冷吧，脸上红红的。

自行车带前筐，但空着。后座绑了一个瓦楞纸箱，露出一把大葱。年轻人抿着嘴，但清晰地回答了司机的问题。

"没事。"

"很抱歉。"

"不用。"

他简短地回答躬身致歉的司机，踩一下脚踏，自行车开动了，消失在店子后面。

我也下了车，对长舒一口气的司机说：

"好在没事。"

司机回过头，尴尬地笑了。

"是啊，根本没想到，在这么宽阔的停车场，还会窜出一辆自行车啊……那就用餐完了联系吧，要开车尾厢吗？"

"麻烦您了。"

我眼看着因惊魂一吓清醒过来的藤泽取下摄影包，心里回想着刚才的一幕。

店子原样使用旧民居。天花高,屋梁古色古香。墙壁地板都是久经磨蹭的半透明暗黄色。看来食客须在外间脱鞋,坐上铺了榻榻米的坐垫。

"挺有意思啊。"

藤泽说道。

"是啊,不过有点儿冷。"

"没办法,天花太高。"

不仅停车场没车,店里头也没有其他客人。恐怕是司机说的,地点不佳的原因吧。

我们穿着外套等店里的人,但没人出来。

"有人吗?"

喊了三遍,终于有人从里头出来了。

"啊啊,对不起,让你们久等了。欢迎光临,请进来吧。"

来人是一位女性,身穿烹饪服。看模样是四十多,怎么也过不了五十的样子。

"那就打扰啦。"

脱鞋子的时候,藤泽说道。

我正坐，藤泽盘腿坐在坐垫上。很快就上茶了。

"挺冷的。二位选好了喊一声。"

桌子也是老旧的茶褐色。桌面放着竹筷子筒和七香辣椒粉小瓶。打开菜谱，排列着印刷体的食物名字，没有照片。最前头是"南瓜馎饦"，后面是配料不一样的几种馎饦。

我看菜谱时，藤泽来问：

"归根到底，这馎饦是什么东西？"

"面粉做的食物。"

"像面包的东西？'南瓜面包'？"

"很不一样。你看了就知道。"

除了馎饦，当地的特色菜也不少。生马肉片、甲州葡萄酒、夏天特有的桃子果冻，还有各色的套餐。

"还有生姜烧猪肉、炸鸡盖浇饭呢。"

套餐的白米饭加手工费的话，可以改为煮贝的什锦饭。煮贝曾是甲州风味特产，我记得是用鲍鱼做的。只加区区数百日元手工费，就能吃上鲍鱼的什锦饭？我盯着菜谱看。

"太刀洗女士。"

藤泽冷不丁来一句提醒：

"吃饭时就忘了工作吧,别紧皱眉头啦。"

我只是在想菜谱上的"葡萄猪排"是什么而已嘛……这葡萄猪排也带白米饭,但不在套餐菜谱里面。

店子后头走出一位男子,身上系着白围裙。他是刚才骑车差一点撞上出租车的年轻人。他手上拿着抹布,默默擦拭空的桌子。

"我选好了。"

藤泽说道。我点点头,向年轻人举起一只手。

"不好意思。"

年轻人放下抹布走过来。他单膝跪下,从围裙的兜里掏出本子和圆珠笔。

"请说吧。"

"我要这个特制馎饦。"

"好的。"

我指着菜谱上的文字说:

"这个葡萄猪排的米饭不能改成煮贝的什锦饭吧?"

年轻人边写边回应:

"对。"

算了,无所谓。

"明白了,要这个葡萄猪排。"

"好的。"

年轻人猛写一通后,站起来。他消失在店子后头时,藤泽嘀咕一句"沉默的小伙"。

"他也没确认我们点的东西,没有问题么?"

"也就是我们两个人而已啦。"

"那倒也是。"

藤泽的嘴角翘了翘。

"太刀洗女士,您原先挺执着于馎饦的啊,点那个行吗?"

"没事。"

"我不会分给您哟。"

"那当然。"

藤泽笑着端起茶杯,打个哈欠,又问了一句:

"酒还行吧?"

"酒?"

"您打算喝酒的吧?您在车上不是问了吗——有没有能喝酒的店子?"

我也拿过杯子。茶是焙茶,热的。

"我没那么说吧。"

"……哦,无所谓啦。"

我打开包,从里面取出笔记本。确认过茶褐色的桌面没弄湿后,打开笔记本。

"怎么啦?突然摆开来?"

藤泽说着,放下了茶杯。

"关于寻找早坂真理的线索,我还没有跟你详细说。你感觉到了吧?"

"噢噢,您有打算跟我解释吗?"

"我是这么说的嘛。"

"可您是不多解释、只往前冲的人啊,我以为这次也是。"

我不知他是什么意思。

"大家是这么说我的吗?"

"嘿,也不算说您的坏话,无所谓吧。"

"必要的、最小限度的信息共享,我没有疏忽过。"

"您的分寸是'最小限度'。最大限度共享怎么样?"

我看看表。冬天日照短,这一带靠近山地,更加明显。没时间闲聊了,我打开笔记本,摊平。

"作为前提,所在公司经营失败,早坂真理被视为有欺诈嫌疑而失踪,应可视为自发性逃亡。她驾车打算去奶奶家,但考虑到自己的问题无法投靠奶奶,不知所措。在此情况下,她打电话给妹妹弓美。通话记录——给你。"

"好突然。"

藤泽说着,读起了打印本。笑容从他脸上消失了。

"明白,到此为止的情况我已经掌握了。"

"从这份通话记录来看,不知道早坂真理现在在哪里。不过,线索仅此而已。我们来猜想一下她昨晚的行动。"

"是。"

我用手指点着通话记录的第二行。

"首先,早坂真理昨晚'从车里'打了电话。"

"是说了'在车里'。这一点我觉得没问题。"

"而且,她处于醉酒的状态。"

"没错。"

"这酒是在哪里喝的呢?"

藤泽马上回答:

"是在车里吧?买上罐装啤酒,找个开阔的地方停了车,就在车上喝。读大学时,经常在朋友开的车上这么干。"

我的手指指向通话记录下方。

"我觉得不是。往下读的话，很难认同是在车里喝的。"

"为什么呢？"

"她喝酒过了头，被一位'还挺帅'的男性照顾着，对吧？那人看见了车内人醉倒、上车来照顾她吗？"

藤泽歪头想。

"要说是从车外看，也能看出来的严重事态，万分之一的可能性……也许有的吧。但是，一般不会。"

"车内是私人空间。即便车里的人烂醉，也难以想象打开车门、上车去照料她。况且她是锁了车子的吧。"

店子的年轻人端着盘子走过来。他说了声"请用吧"，在我跟前放下了土豆沙拉，看来是葡萄猪排附带的东西。我从筷子筒里取出一次性木筷掰开，合掌。有点儿咸，是下酒菜吧。

"当然，也可以考虑她喝过头了不舒服，出车外走走时，一位过路的男性照料了她。不过，更加可能的是……"

"——在店子里喝酒了。如果是在店里，顾客也好、店员也好，有其他人在场。"

我点头。

我用筷子去夹盛满了的土豆沙拉。

"那么,她是在什么店子喝的呢?"

我没想要对方回答,但藤泽说出了自己的推测:

"因为是足以喝得大醉的,所以应该是酒吧或者居酒屋吧。"

"嗯,应该是吧。不过要满足三个条件。"

"三个条件?"

"一个,是店子昨天开门营业。"

藤泽皱起了眉头。

"这不是明摆着的么?"

我不介意,继续说:

"再一个,营业至晚上接近九点钟。"

"……也就是说?"

"我没说吧,早坂弓美接到电话时,是晚上九点上下。电话里不是说,自己醉了,被人照顾着,稍好一点儿就回到了车上吗?既然如此,至少是开到八点甚至是九点的店子才符合情况。你出差也多,自然明白在幡多野这样的小镇,晚上开到八九点钟的店子并不多。"

"就是这么回事。"

藤泽说了一句,喝一口茶。

"第三点呢?"

"能吃饭的店子。"

我指指通话记录的下方,说道:

"早坂真理吃了'像面条的东西'。如果她说在九点钟身子还热乎是真话的话,那就不是中午吃的。虽然可以考虑喝酒吃饭是在不同的店子,但在餐馆少的小镇,变换场地喝酒很难。早坂是在同一家店子吃了饭、喝了酒。"

藤泽微微点几下头。

"的确,一条一条都是理所当然的,但三条都具备的话,感觉有点名堂了。"

"因为餐馆本来就少,光有这些条件,都够排查了。"

"没错……另外,我还挺在乎'像面条的东西'这句话。说面条就行了,为什么是'像面条'呢?"

店子的年轻人捧着一个挺沉的盆子,慢慢走上榻榻米。

这是一个热气腾腾的砂锅,满满地装了南瓜、芋头、金针菇、香菇、大葱、菠菜、鸡蛋,还有鸡肉。

"这是特制馎饦。"

"这就是……"

藤泽探头窥看浓稠的汤汁满满的砂锅。

"看起来简直是炖烂面条啊。"

我打算给他一个灿烂的微笑。我不特别使劲的话,谁都看不出我正在微笑。

"馎饦是擀面时不加盐,用面的原汤调味,所以汤汁浓稠是最大特征。不过,你看了就明白了吧。这就是'像面条的东西'啦。"

藤泽轻轻掰开筷子,缠绕起馎饦的面条。他仔细看了宽面条之后,往嘴里送。

"嘿,好吃。"

"这可是最要紧的。"

藤泽默默吃了一会儿馎饦。不一会儿,我点的菜也上来了。

小伙子还是默默放下就走。这盘葡萄猪排,是一块厚厚的肉在铁板上烧的,全切成一口的大小。

"葡萄猪排。"

我又念叨一次菜式名字。已经一额头细汗的藤泽停住手，眼珠子上翻看着我，说道：

"太刀洗女士，您不是开玩笑吧？"

"什么？"

"您那个——不叫'猪排'，叫'葡萄肉扒'吧？猪肉的烤肉，不是叫'肉扒'吗？"

"……噢噢。"

葡萄猪的肉扒，叫葡萄猪排。果然不错。

"那，'葡萄猪'是什么？"

"您不知道？制作葡萄酒时，会产生许多葡萄皮之类的东西，就是用这些东西喂养的猪。据说这种猪肉很香。"

"你怎么这个都知道，就不知道馎饦？"

"可我就是不知道它呀。"

配饭上迟了，不是白米饭，是稍带一点儿锅巴的什锦饭。

"哎、那个……"

我想喊住随即就转过身的小伙子，但可能声音不够大，他没回头。葡萄猪排的配饭应该是白饭，给我什锦饭可以吗？我闻着酱油的香气，迟疑不定；藤泽说道：

"您接受了吧。您让他改过来，这份什锦饭也就浪费了。"

"我也是这么想。"

"您如果介意，结账时加上差额好了。那位穿烹饪服的老板娘会处理的。"

他的说法也有道理，我决定就这样办。

也许因为把南瓜跟面条一起煮吧，藤泽的馎饦南瓜已融化到汤汁里面。藤泽小心翼翼地使用筷子，怕汤汁溅出来。

"您是为了了解早坂真理的行踪，来这家店子的吧。"

藤泽用筷子夹南瓜，嘴里愤愤不平地嘀咕道。

"对呀。"

"跟我说就好了嘛。"

我之所以要一位熟悉幡多野的司机，并非期待他熟悉路径，而是为了让他带我前往非节假日也营业到很晚、能提供酒和馎饦的店子。

"我觉得您还是应该重视菠菜①。"

藤泽从砂锅里夹起菠菜，顿了一下。

"以司机的口吻，合乎条件的，好像就只有这家店

---

① 菠菜在日语汉字是"菠稜草"，读作"horenso"，与日本企业管理中的常用概念"报连相"（报告、联系、商量）读法一样，经常被借指后者，提醒对方注意沟通。

子了。"

"虽然不好太乐观,不过挺有希望的,早坂真理肯定来过这一带。不过,她也许没进幡多野镇,在甲府市内吃了饭。"

"这样的话,店子就很多了。"

"只不过,如果她在甲府市内吃,我觉得她不会说'不是个像有酒店的镇子'。而且,早坂可能亲眼看了爷爷奶奶住的家,感觉不宜现在去见面。来过幡多野町的可能性挺大。"

"的确。"

也许很合口味吧,藤泽不停地夹起面条,边吃边听。

"然后呢?怎么寻找结论呢?"

我背诵通话记录的一部分:

"'刚才有一个男人照料我啦。会说话,人也挺帅的,有点儿动心。'"

"从您嘴里说出这话来挺恶心的。"

"已经明确昨晚跟她有接触的,就是这个男人而已。只能从他身上寻找线索了。"

藤泽停下筷子。我把猪排放进嘴里。猪肉柔软、香味浓郁。

"……假如找到了他，但他一无所知呢？"

"遇上这种情况也没办法。也只有到镇上逐个问：谁看见了早坂真理的车子？这是个小镇，感觉行得通吧。"

"挺花时间的。"

藤泽瞥一眼手表，皱起了眉头。

"是啊，希望早点儿有下落。"

请求寻找姐姐的早坂弓美声音颤抖。

我动起筷子。

"会说话的男人，是怎么样的人？可以想象的可能性暂且有两个：一个，那位男子习惯跟女性说话……"

"噢，有这种人。会奉承、善恭维，在这个意义上就是'会说话'了。具体职业而言……"

"不必联系到职业也行的，不过，举例说，做生意的男性之类的。"

"哈哈哈。"

藤泽点头，认可的样子，但其实我不觉得这个理解是对的，我继续说：

"只是不可思议的是，早坂真理跟那位男性的关系，应该只是照料和被照料的关系而已。二人因为照料的关系聊了起来，男子吹捧真理，于是得到了'会说话'的评价？至少，在她给弓美打电话的时候，真理是独自一个人的。"

藤泽手拿筷子，"嗯嗯"地应道。

"也不是不可能的。管你醉了没醉，管你是谁，一见妙龄女子就妙语连珠的男人，偶尔也是有的吧。"

"也许是有的。不过，也有其他可能性。"

我把煮贝的什锦饭送进嘴里。有一种单是煮贝出不来的、深厚的味道。只是，这种贝不是鲍。我猜测可能是"常节"①。当我咬下第一口时，仿佛一下子明白了自己为什么在找什锦饭了。

"其他可能性？"

藤泽放下筷子，讶异地歪着头想，身子略微前倾。

"是什么呢？"

"当那位男性是外国人的时候。"

需要一点儿思考的时间，藤泽叹着气说道：

"噢噢，确实是。"

---

① 常节，一种鲍科小型扁平螺，杂色鲍。

也就是说,"会说话"的表述里,包含着"日语很棒"的意思。

"这种时候,还不知道男子的外貌。白人、黑人、黄色人种,都有可能。"

"如果是这样,那男子不是很显眼吗?这镇子游客也不多来的。"

"是啊。这镇上也没大学,如果是高中的留学生,晚上出现在喝酒场所也不自然,所以,也不是留学生。这么说,应该是个人关系来的?受雇,或者某个项目研究、进修的人?"

我蘸上碟子剩下的酱汁,吃掉猪排。

我放下筷子,从包里取出百元硬币和总拿在手上的笔记本。我翻到要找的那一页,给藤泽看。

"这是我咨询了幡多野镇公所和JA幡多野的答复。"

藤泽瞪圆了眼睛看,说道:

"太刀洗女士,您不是说了,线索只有通话记录而已吗?"

"在'信浓号'车厢时是的。在盐尻换乘时,我打电话问了。"

"在不知不觉中……"

"就是你在候车室睡觉的时候。从结果来说，JA方面，目前是没有接待外国人。据幡多野镇公所说，他们掌握的信息中，没有外国人被雇佣者或研修生。这是短时间电话咨询的情况，不完全可靠。"

我喝下一口焙茶，茶不热了。我招呼正在清洁空桌子的小伙子，指指茶杯。

"只是，不在幡多野镇，而是山梨县方面，接受了三名菲律宾人作农业研修。说是葡萄栽培的研修。"

"是菲律宾人？他们……在这个镇上？"

我摇头。

"研修场所在胜沼町，离这里很远。即便休息日出门游玩，我觉得他们也不会过了甲府到幡多野来。"

店子的年轻人过来倒茶。说话之间，藤泽已经把馎饦全部吃完。年轻人再拿一个盘子过来，收拾空餐具，我在盘子上放了百元硬币。

藤泽仰望着天花板，说道：

"别急。的确，早坂真理也许来过这家店子。不过，当时照料她的外国男子究竟是谁、是哪里的，不是还没弄清楚吗？太刀洗先生，我感觉采访没啥进展啊。那男子在哪里呢?"

我端起茶杯。

"是啊,大概……"

我喝了一口刚添的热茶,放下杯子。

"在这里。"

我抬眼看要撤下餐具的小伙子。

年轻人眨巴眨巴眼睛,后退一步。

四

我站起来,递上名片。

"打搅您的工作了。我是《东洋新闻》的太刀洗。可以稍微聊一下吗?"

年轻人从一开头就不多话。因为只说过"对""请吧"这样的话,语音语调上没感觉不对头。

他说话了:

"我……不想聊。"

他目光游移不定,也许他觉得怕吧。虽然猜得到其中的理由,但要是弄错了,就太失礼了。我一瞬间迟疑了,但想起了在金山等着消息的弓美，我一咬牙，说道：

"我什么也不跟警察或入境管理局说，我们只是在寻找一位女性而已。"

年轻人的表情没有变化。为了慎重起见，我换一种语言表达：

"We will never inform the police or immigration office about you."

"不用，说日语我明白。"

然后，他看看桌上的饭菜，表情缓和了一些。

"请二位用餐吧，我会在这里的。"

"好的。"

"这家店子的猪肉很美味，得趁热吃。"

年轻人端起放了空餐具的盘子，退回店子里间。

我调整一下坐姿，抬起头，与藤泽视线相接。

"太刀洗女士，那个……"

"等一下。"

像年轻人说的那样，得趁热吃。肉已经凉了不少，再耽搁的话，可能就变硬了。

吃完午饭时，进来了两伙客人。店子于是忙活起来了，年轻人似乎也脱不开身了。到了两点钟，午饭时间过去了，穿烹饪服的老板娘放下帘子，终于可以从容说话了。

老板娘当然知道年轻人是外国人。她在外挂了个"准备中"的牌子后，让我们使用桌子来采访，但似乎很不安地留意着我们的动静，不时往这边瞥一眼。

我打招呼道："您可以做个旁证吗？"老板娘回一句"我得准备晚上"，就回里间去了。年轻人见状说道：

"老板娘明知我是非法入境的，还让我打工，对我很好……不过，要是入境管理局知道了这件事，老板娘也有麻烦。"

他转身面向我说：

"您真的不对警方和管理局说吗？"

"是的。"

"真的？"

"是的。"

藤泽也使劲点头。

年轻人不像是完全相信的样子，不过还是介绍了他自己。

"我叫费尔南多，Fernand Basilio，从菲律宾来的。"

现在重新打量，他的样貌举止，说是日本人毫不勉强。我猜他年龄在二十前后，不到二十也不为奇。

"谢谢。重新自我介绍一下，我叫太刀洗万智。"

"我叫藤泽吉行。"

费尔南多依次打量我们。

"Journalist？"

他发音流畅，我不禁答了句"Yes"。费尔南多点了两下头。

"我明白了。不过，请告诉我：我经常被人说长得像日本人，我说话也很注意，可是却被您察觉了，为什么呢？"

藤泽也说：

"我也觉得奇怪。您一开头就看出来了吗？"

"不至于吧。"

不容易说清楚。但是，对于费尔南多来说，自己的本来面目为何暴露了，是很在乎的吧。即便为了获得他的信任，这问题我也是非答不可的。

"一开头是出租车。"

"出租车？"

"对。你在这店子前面，差点儿跟我们乘坐的出租车撞上了。准确地说，你差一点儿撞在司机打开的车门上。"

当时，随着一声尖利的刹车声，自行车停住了。我觉得很奇怪：为什么那辆自行车会冲到车门一开肯定要撞上的地方来呢？

"这家店子停车场很宽，平时完全没有这类小问题。莫非骑车人没想到车门会打开？因为骑车人不知道司机可以控制车门，他看见我们乘客没拉手柄，就判断还没开门吧？"

我停顿一下，又说道：

"也就是说，我觉得骑车人不习惯日本的出租车。"

费尔南多皱起了眉头。

"我知道的，但一时没反应过来。挺危险啊。"

"没出事，那是最好的。"

"就这一点儿吗？"

我摇摇头。

"还有一点儿，是什锦饭。"

藤泽从旁插了一句。

"什锦饭？有什么不自然吗？"

"味道很棒。只是,我以为是上白米饭,却来了什锦饭,觉得挺奇怪的。"

"把点菜记错了吧,由此而察觉日语不够地道?"

"我最初是这样想的。"

我回想着,说道:

"我应该是这样问的:'这个葡萄猪排的米饭,不能改为煮贝的什锦饭吧?'"

费尔南多不安地点头。

"是的。"

"你回答'是的'。在那种场合,用日语回答'是的'的话,要接着说'是的,不能改换'。可是,实际上上了什锦饭。我也觉得是一个简单的错误,但马上察觉可以有别的思路。例如如果是英语,对那个问题回答'yes'的话,后面就是'you can change'了吧。我就想,这位店员也许是以其他语言为母语的,没有按照日语方式应答。"

我觉得这番解释他未必马上就能领会,但费尔南多身子向前倾,激动起来了。

"原来是那样啊。"

"是的。"

他的嘴角歪了一下。

"我还以为自己日语很棒了。稍微聊一下,人家就夸我听不出是菲律宾人。不过,还是有不懂的地方啊。"

"最后,是放在盘子上的百元硬币。"

看来他对这一点也稍有察觉,端正的脸庞轻微歪了一下。

"是的,我收下了小费。"

"当然,不是日本人绝对不收小费。而是说,毫不意外、很自然地收下了,是因为很习惯收小费的文化。"

费尔南多耸耸肩头。

"您太厉害了。"

他这么一说,我有些难为情了。我实在不习惯洋洋得意地说明自己的思考。而且,这回我并不是从零开始思考的。

"从一开头,熟悉这家店子的人就预测,这里也许有外国人。否则,肯定想不到的。"

费尔南多为何在幡多野打工,我没有必要知道详情。我从包里取出一张照片,放在桌面,用手指轻推到费尔南多面前。

"我刚才说了,我们是来寻找这位女性的。她昨晚打电话给妹妹,我们根据谈话内容,觉得她在这家店里待过。"

费尔南多没去拿照片,只瞥了一眼,就点点头。

"对,我昨天确实见过她。"

藤泽在桌子底下做了个费尔南多看不见的成功手势。我又问道:

"店里的人……老板娘也跟她说过话吗?"

"就我跟她说过话。老板娘担心她,吩咐我照看她,但没跟她说话。"

"您知道她现在在哪里吗?"

"不知道。"

这个回答是预料之中的。费尔南多可能是最后一个接触早坂真理的人。但是,并不能因此期待他知道她现在在哪里。关键是下一个问题。

"那昨晚的聊天中,她说了要去哪里吗?"

"没有……"

我莫名地确信,他的沉默并非在追忆。从他注视早坂真理照片的眼神,我明白他是知道一些事情的,但迟疑着要不要说。

"我不了解这个人。请告诉我,为什么要找她呢?"

藤泽不经意地瞥了我一眼。这个眼神的意思是想说:有必要对他说明情况吗?的确,当知道了早坂真理是重要人物时,费尔南多可能反而不说了。或者,他可能提出要爆料费。这是显而易见的。可是此时此刻,我直感与其使手段周旋,毋宁不加隐瞒、开诚布公更加有效。我这种预感一般不落空。

"她名叫早坂真理,是一家叫'掌控未来'的公司的员工,是社长的妹妹。她支持哥哥的事业,拼命工作。哥哥也很有办法,把公司做得很大。但是,她哥哥的管理出了差错,公司经营失败了。许多顾客说受骗上当了。早坂真理作为公司的招牌很出名,又是社长的妹妹,被认为经营失败上她也有责任。"

我慢慢道来。

"早坂真理昨天失踪了。因为身为社长的哥哥也同样找不到了,所以外面说兄妹合谋的可能性挺大。此时此刻虽然还没出动警方,但电视台、报纸和杂志都在寻找他们,想采访这对兄妹。"

"您也是——"费尔南多问了一句,"因为同样的理由在寻找她吗?"

我张口要回答,却又把要说出口的话咽了回去。

我想说"不是"。实际上,没有任何区别。

的确,昨天晚上我是受早坂弓美的托付,寻找真理。但是,此刻我在这里,却是为了工作。我用了公司的采访经费,坐了电车又转乘出租车,跟公司新人一起来到这里,要拍摄真理其人、获取采访资料。

如果我拿出别的理由,那就是说谎了。

"是的。"

费尔南多又看了一眼照片,没再说话。

店子里间传来"嘎吱嘎吱"洗刷脏餐具的声音。渐渐地就混杂着水流声了。

藤泽换了个坐姿。我想说话,却找不到话。

终于,费尔南多开口了:

"也就是说,那个人受了伤,躲到这里来了。"

我摇摇头:

"不清楚。"

"我看起来是这样。"

投在照片上的视线转到我身上。交错似的，这回是我看着那张照片：一张充满活力的笑脸，仿佛要迸发出笑声。

"那个人很苦恼。看起来，她难受得只能借酒消愁。"

"……"

"她喝了酒很难受，我带她去洗手的地方，还打了水。她在闲扯中察觉我说话有点问题吧，盯着我问：'印度人？'我回答'菲律宾'。她脸色苍白、气喘吁吁之下还向我鞠了个躬，说：'Namasute'[①]。我说那不是菲律宾语，她很难受、很不自然地笑着，说：'你的工作很辛苦吧。不过什么工作都是这样的。'"

"……"

"让她和您见面的话，不会使她更加难受吗？"

很直率的话。跟正面承受他的视线一样不好受。

缝隙里吹进来寒风。

"有些人希望分担她的痛苦。他们喜欢早坂真理、担心此刻她不知怎么样了。我想向这些人传达真理的话。"

"也就是说，您希望传达她的痛苦吗？"

---

① Namasute，梵语，用于寒暄，相当于"您好"。

不该是这样的。

"有所不同。"

脖子感受着冬天的寒冷,我说道:

"我给她机会说话,她不必为自己没责任的事情挨骂。我希望做这个中介。假如她说不喜欢,我就打道回府。"

费尔南多相信我的话吗?他低下头嘟哝了什么。我连那是哪国语言都不懂。也许是日语,但我听不见。好歹他抬起了头,说道:

"我明白了。"

他指着店子后面。

"这家店子后面有条河,昨天她把车停在那里睡觉了。她现在在哪里我不知道。不过,我觉得她也许还在那里。"

五

冬日弱弱的日照,自我在名古屋迎来的这个早晨起,就一直没变。融雪的水濡湿的停车场,在我们离开店子时已经差不多干了。

我看看表,快两点半了。

真理在昨晚九点钟给妹妹弓美打电话，即便她随后由大醉状态进入昏睡，这个时间也该醒来了吧。若她已购备了食物，也许仍将车子停在同一地点，否则，很大可能性是已经开走了。虽然这样想，首先还是得去现场看看。

"走吧。"

"走！"

藤泽拿起摄影包，我摸了摸放在上衣兜里的录音机。

被告知附近有条河，果不其然，隐约听得见潺潺流水声。

我看看店子的背面。

隔着收割后的、积雪稀疏的田地，是一条左右延伸的窄路，路两旁植有路树。我猜这是一条沿河堤的堤岸路。

只是找不到绕过收割后的田地的路。因为找起来费时间，我走进田间小道。即便沥青路是干的，泥土仍湿漉漉的。没跟的鞋底仿佛让寒冷透到身上。

留意着易打滑的脚下，我们步行间没有说话。我只想着采访早坂真理。

我们如愿地穿过田间小道来到堤岸路。在近处看，发现这路树是樱。到春天，这里必定景色很美，但此刻冷风迎面刮来，冷飕飕。

"在啊！"

藤泽说道。

小河对面、并不宽阔的河滩上，停着一辆车。这是一辆锃亮的灰色德国车，即便在对岸也看得出来。它置身冬天的田园地带，惹人注目得很。藤泽凭一眼所见，就断定是早坂真理的车子，也不无道理。

看得见右车身。车侧窗似乎贴了遮光膜，里头完全看不到。

"太刀洗女士，拍吗？"

我一时语塞。

如果工作上有必要，则虽未经本人同意，拍照也是不必犹豫的。虽然原则是这样，实际上迄今尚未面临这样的场景。而且，这一次的目的，是见其本人，得到她的说法，没必要现在拍摄。

另一方面，这样就发现了被认为是她的车子，的确十分幸运。假如早坂真理在那辆车上，我们迂回过桥接近她时，她也许察觉到、逃掉。如果是那样，好歹有张照片也好的心情，是否定不了的。

在其他报社、自己报社的东京总部都盯着平塚的时候，似乎只有我们来到了幡多野。迄今运作良好的事情，可不能最后一刻弄砸了。这个念头涌上心头，束缚了我。

不知藤泽怎么理解我的沉默，他端起了相机。我只是看着。

离对象十米距离，藤泽准备好拍照，但他没按下快门，只是一直把相机对准对象。仿佛我说声"拍吧"，他马上就会按下快门似的。

一瞬间，我瞥了冬天的晴空一眼。如果我告诉早坂弓美说找到她姐姐了，她会多高兴啊。

藤泽嘟哝一句"在里边呢"，让我回过神来。藤泽还在用镜头窥看十米前方。

"座位好像放倒了，在这冷天里头。"

"能拍到脸吗？"

"唉，这样子显像之后，不知会怎样。好像还睡着呢，没动静。"

突然，我察觉到应该考虑的可能性，说道：

"藤泽君，能看见车里人有没有盖着外套吗？"

他透过取景器看,沉默好一会儿。

"……不,我什么都……大概……"

我的包里有各种用于采访的东西。我拿出小望远镜观察。

因为玻璃贴膜,里面的情况看不清。尽管是这样,大致能辨认出车里有人躺着,那人披着夹克——虽说有日照,毕竟是十二月了,穿那么点儿怎么熬得过?

"藤泽君,变焦看看。"

"看脸吗?只是一团黑而已啦。"

"不必拍摄,不是看脸,看车窗边。"

"车窗边?"

我舔舔干燥的嘴唇。

"有没有贴住窗缝?"

风刮过河面吹来。我这个望远镜倍率太低,怎么凝神观察,都看不清细微处。

藤泽举着相机一动不动。

"怎么样?糊缝了吗?"

他给出了简短的回答:

"糊上了。"

我跑了起来。藤泽喊着我的名字,也同样跑起来,跟着我。

我一口气跑到上游的桥上。冬天的冷空气憋在肺部,我迈不动脚时,听见了紧急笛声。

紧急笛声从大地某处迫近。是急救车的紧急笛声。

看来我们不是第一个留意到河滩上可疑车子的人。有人先看到,报警了。再过两三分钟,急救车就会来到这里。

好了,那就好了。

我停下脚步,气喘吁吁。仰望天空,长舒一口气。

六

十二月六日,有限公司"掌控未来"的营业部宣传负责人早坂真理因大量服用酒精和安眠药,加上吸入自己车子排放的废气而死亡。

山梨县警方推算死亡时刻是凌晨一点钟,死因是一氧化碳中毒。

据认为死亡无可疑。

正

义

汉

一

甚至令人觉得，鲜血还没落地，播音员就在广播了：

"因为刚才发生了人身事故，目前电车的运行有待安排。"

这世上还有比这更给人添乱的死法吗？从高处一跃而下，有时会殃及他人吧；跳海失踪，有时也会惊动周围居民搜索吧。但是，卧轨自杀，受到影响的人，那就远不止这些了。选择这样的人生结局，肯定是家教不好。

电车几乎是在站台中部轧了人，仍照样向前冲出十几米远。车厢也血迹斑斑，加以清洁也得花钱。只是，调整一下思路，这也可视为有意义的费用支出。因为又一个不能管理自己行为的人早早退出社会了。

吉祥寺车站迎来了傍晚高峰时段，到处是低低的喧骚。即便这个眼前死了人的四号站台，人们也没有惊恐呼叫，而是慢慢走下台阶，绕道离开站台。在这个城市里，人身事故并不罕见，人人都已习惯。虽习以为常，却个个紧皱眉头、焦躁得很。大概，此刻铁轨上轧毙的这种人，一直以来就不断让正经人闹心吧。而今天是最后一回了。

"……线路重开安排暂时无法预告，给大家带来了许多不便之处……"

为什么人会分成烦人一方和被烦的一方？虽然教育关系甚大，但我觉得不仅仅是教育，还有"有其父必有其子"的问题吧。父母不咋的，培养出的孩子也不咋的。不咋的的孩子长大了，又培养出不咋的的孩子。这样增长起来的、不咋的的人，就会侵蚀社会的基础。而受了正经教育的正经人背上了这个包袱，实在是很不应该的。劣币逐良币。阻止这种连锁反应人人有责。具备从我做起的意识，深刻认识这一点，从根子上来改善这个社会。至少我有这种认识水平和付诸实行的行动力。

最先跑过来的车站工作人员不知所踪，可能去通知增援了。有几个人窥探着电车与站台之间的狭小空间。尸体被卷入电车底了，但他们在探寻，会不会落下了断胳膊断腿之类的。虽然举动没品，但想看可怕物体的好奇心本身，不能算有害。他们只不过是没有习惯交通事故而已。不用多久，他们乘坐的前部车厢即便轧死了寻短见的人，与其祈求死者的冥福，他们会更加恼火死者的自私任性。见惯不怪的人则打电话通知对方时间有变化，随处都听得见这样说电话的声音。

"目前正在调整中央线的运行时间表，请稍候。"

在吵吵嚷嚷的四号站台，我突然看见了令人恶心的一幕。

人人都在离开站台之时，唯有一个女子蹲在站台边，脚旁放着一个袋子，她正伸手到里面掏东西。她双颊发红，嘴角挂着微笑。目睹这番卑劣神态，我不寒而栗。我马上明白，此人非等闲之辈。这女人很高兴。那张脸传达了这样的内心：庆贺吧、欢呼吧！可让我碰上这种场面了！

女人先从袋子里取出小小的笔记本。又拿出笔，写了起来。她写得飞快。很快，她就翻过了好几页。她一边看手上、看电车、看手表，一边做笔记。

紧接着,她拿出手机打电话。她探出身子,要去拍摄电车底下的什么东西。在四周的熙熙攘攘中,我隐约听出了好几次按下快门的电子音。她看见了部分尸体——胳膊呀手呀之类的?

女子挤到前面,离紧急停车的车厢仅数厘米。那个车厢里的乘客拥挤不堪。因为"交通事故",车厢门紧闭,乘客们想下不能下。他们或不安地、或不满地看着站台。留在站台、等待不知何时重新发车的乘客们也一样。在这个视线交加的站台上,却唯有那女子完全不理会别人的目光,顾自摆弄着手机。简直就像在说:我是唯一可以这样做的!

看上去她三十不到吧。不是学生。怎么说呢?她那老油条的样子,跟学生气味是根本不同的。她穿着皱巴巴的T恤衫,配膝盖磨损的旧牛仔裤,给人不懂穿衣服的感觉。没个正经样的人,一般说来,也没有常识。她脚下的黑袋子也是尼龙的,便宜货。眼下方眼袋明显,窥探尸体的那张脸,越发涨红起来。

那是一张不知羞耻的人的脸。

她接着从袋子里掏出的,是小小的录音机。在混乱的站台上，女子对着录音机喊了一声"事件记录！"，之后就开始嘀嘀咕咕起来了。由此大致可以判断她的真实身份：她是一名记者。她大概是要把眼前发生的"人身事故"作为采访资料吧。

我挤过西服打扮的人群，悄悄接近那名女子。我想知道她录下的话语。她是出版社的，还是报社的呢？或者是电视台的？无职业者？我想听一听，这个难得置身于人身事故现场的女子，在欢欢喜喜地录什么——不，是她要说些什么话。她说的是"事件"，而不是"事故"。

女子仍旧蹲着，有点儿脏的旅游鞋又靠近了列车一步。突然，一直广播列车运行消息的广播播出了其他内容：

"注意危险！请不要太靠近站台边缘！"

只能认为广播是要制止女子的行动。但是，她只是抬头看看，就满不在乎地继续蹭近电车，半个身子探出轨道，往录音机里录音。那样子，她是在说啥？

我迂回绕到她身后。她说话声不像我远看时那么小。不，毋宁说，她完全不理会是否被人听到，旁若无人地大声说着话。

她的黑发从站台垂下。广播再次响起：

"注意危险！请离开电车！"

很显然，这次是对女子发出警告。女子终于抬起脸，她皱着眉头环顾四下里，高高举起手机，仿佛向人堆里的某位车站工作人员出示：我在拍摄，免扰。

女子咂嘴，声音大得我这里也听得见。明显是对制止她的广播不耐烦，这挺滑稽的。很显然，她不是"急躁者"，而是"被弄得很急躁"。她任性的举动，迄今肯定烦过无数人。这种女人对广播理所当然的警告生气，愚蠢可笑。只顾自己、不对自己的行为负责任的人，怎么会这么多啊！这种人以为自己就是有特权，肯定是搞错了某些根本性的东西。

她敷衍地退后一点，重新开始录音。我终于听见她的声音了。

"下午六点四十二分发生事故。事故者当场死亡。地点是四号站台、六号车停车位置附近。四十五分时警察尚未到场。现场没有特别混乱。因为事发在傍晚高峰时间，影响很大。"

带一点儿嘶哑的声音。

事故者是否当场死亡还不知道呢。当然，结果是死了，但并没有警方的正式公布，不大地道啊。而说不是事故，是事件，当然也是个毫无根据的权宜说法吧。

很差劲的一幕。

站台广播又来了：

"……十分抱歉给各位乘客带来不便。刚才本站发生了人身交通事故，因此，目前正在调整中央线的运行时间表……"

女子猛然一怔似的看着手机。没听见电话铃声，应该是调到了震动吧。她还是遵守最低限度的礼貌礼仪的，就这一点，不妨予以表扬。出了"人身事故"的家伙，上车前——不，上车后，也对着手机不断喊粗言秽语。

女子敏捷地按通手机，放到耳边。她那亢奋的表情，看起来就像开始得意地向对方报告情况。"人身事故"有那么值得高兴吗？

紧接着——

女子闭上了嘴，脸上的欢喜消失了。取而代之的，是一脸的冷峻。我甚至感觉周围的温度下降了似的。她蹲着没动，听着手机。

不一会儿，女子慢慢转过头，稍微看了看左右，便将视线直接投向了我。

她站起来，嘴角浮现微笑。她表情不自然，就像不习惯挤出笑脸，只是公事公办似的。

她说：

"您好，我是记者，请您谈谈感想吧。"

她一点一点靠近我。在充满了嘈杂声的站台上，女子的声音虽小，不知何故我却听得很清楚。

"说说您把人推下铁轨的感想吧。"

与此同时，一只手从后搭在我肩头上。

二

接近一个小时的讯问结束，我走出车站管理处。这时候，中央线已重新运行。但是车站里滞留的人太多，憋得慌。我们决定暂时离开车站。

在别人看来，会觉得我们俩挺不协调的吧。我在浆得硬硬的衬衣上加一件极细条纹的夹克，打一条深藏青色领带，与其说是朴素，毋宁是极不起眼。另一个人是脏兮兮的T恤衫配破损牛仔裤，肩挎的尼龙袋也是只求实用。脸上只涂了防晒油吧。我们望向搭乘出租车的地方,只见排起了长蛇阵。我们面面相觑,摇头不已。

就近找了一家咖啡馆进去。我要了咖啡,她要了一份烤肉三明治套餐。当热毛巾上来时,她把它像圆筒似的握在手中,叹一口气。

"好想早点儿回家……"

"难得见你泄气啊,船老大。"

"船老大"是她——太刀洗万智高中时的绰号。她一入学,就早早地趴在桌子上划船,因此被称为"船老大"。那时距今已经十多年,现在只有在开玩笑时,才会提起这码事。

太刀洗把手肘撑在白色的桌面上。

"这回时间有点儿紧了。不过回去的电车上可以眯盹个把小时。"

"之前睡了多少时间?"

"过去的二十四小时中,约两个小时。"

我也叹口气。

"又白费劲了,怪不得一脸疲劳的样子啊。你也好我也好,不会永远年轻的,身体坏了就鸡飞蛋打了。"

"……是啊,谢谢。不过,也有些事,是即便身体坏了也得拼的啊。"

我跟她虽有同行的因素，但现在各干各的。虽彼此也不生疏，但现在是有事才见面的关系。今天她上门来我家，也纯粹为了工作。因为我手头的事情对她有帮助，所以空闲时见面交接一下资料而已。之后会遇上这种事件，是完全没想到的。

咖啡、沙拉、三明治摆上了桌面。她手拿叉子，看起来毫无食欲。她缓缓地去扎莴苣叶子。

我也端起咖啡杯子，突然问了句：

"刚才那个男子没怎么挣扎啊。"

"……是啊。"

"你吓唬他什么了吗？"

太刀洗歪脑袋想了想：

"没有，倒没那么打算。"

在吉祥寺车站的"人身事故"后，被太刀洗搭讪的青年人猛回头，转身要溜。但他挤进人堆之前，被赶到的站员和铁路警察抓住肩头，带回管理处。

有人一声惊呼掉进铁轨，被中央线橙色车厢轧过后，太刀洗随即对我说：

——刚才那人不是自杀,是事故或者杀人。你来帮帮忙。

她要我干的事情有三个。一是叫车站工作人员过来。二是观察有没有人注视着走近她;有的话,用数码相机拍摄他的脸。三是前二者完成之后,打电话告诉她。

于是,太刀洗在站台蹲下来,取出了袋子里的东西。当她拿着手机模拟拍摄时,就连熟悉她做法的我也迷惑了:真有人会现身、接近她吗?

这家伙出现了。一个男子撇着嘴,一脸轻蔑地瞪着太刀洗。当她要用录音机录音时,那男子缓缓地靠近过去。我的照相机清晰地拍下了他的脸。一个三十出头的男子,枯瘦,脸色很差。

"我想问一下……"

太刀洗皱着眉头把西红柿往嘴里送,没嚼几下就咽了。

"哦,问什么?"

"那样做为什么能引出罪犯?"

"……噢噢,不好意思。我请你帮忙,但忘了解释了。还是太困了。"

她还是慢吞吞的,但嘴也没停,说道:

"自杀会选在站台后部。即便是停站的列车,速度也没有完全慢下来，所以确保能达到目的。而且人不多、没妨碍。像那样发生在站台正中间的，一般不会是自杀。那么就是事故或者杀人案了。如果是后者，不是有计划的杀人。虽然人丛中没有谁盯着谁，但毕竟是在数百人面前实施，也会选择场所吧。冲动的、短路性的随机作案可能性较大。之前我写过类似案子的报道。"

我点点头。

"对，我读了。"

"真的？特地读过？"

"嗯。"

她皱起眉头，然后表情一下子放松了。

"……谢谢。对了，你对被害者怎么看？"

话题突然切换，我有些混乱。她一直以来就是这样——以为别人都能跟上她飞跃的思维。尽管如此，我有一点可以说。

"我连谁是被害者也不知道。"

"你没注意到？身亡者是在途中的井之头线和我们一起过来的。是那个人的话，我就觉得与其说是事故，毋宁是杀人案的可能性较大。"

"途中和我们一起?"

途中上车的男子她也记得,一般人记忆力多棒都不行吧?也就是说,那人肯定令人印象深刻。这么一想,只有一个人符合这情况。

"……是在明大前站上来的、吵吵嚷嚷的家伙吗?"

太刀洗点点头。

如果是这样,也有点儿奇怪。

"你怎么知道的?身亡者在电车底下。尸体的脸部又看不见。"

太刀洗突然移开视线。

"虽然有点儿远,但听得见那个人在中央线站台也继续讲手机的声音。我心想他还在说啊,却传来他'哎呀'的声音,就说是电车轧到人了,所以我马上就明白了。"

"虽然近在身旁,我却没听见。"

"不奇怪的,车站的喧哗掩盖掉其他声音了。我也是偶然注意到那声音的。"

那是否属于偶然,我也无法判断。我觉得,平日里磨炼出的、对异常情况的注意力,才使得太刀洗听出了那个声音吧?我整个人靠在椅背上,尝试回想那个在井之头线上车的男子的情况。

作为行驶于东京都的轨道交通，井之头线的拥挤更甚。而那时已近傍晚，电车几近满员。在明大前站上来的男子年约五六十的样子，个子略矮，中等身材；他最初并不显得特别，但没多久，他就在接听的电话里突然开骂。好像这样还不足以泄愤，不久他就踢起了车门。车厢里的气氛变得很糟。由于声音太猛，婴儿哭泣起来，宝宝的妈妈挤过人缝，转到相邻的车厢去了。

谁也没制止那男子。我也是。既是因为不想跟一根筋的人发生关系，也是因为从明大前到吉祥寺十来分钟就到。只是，可以说的是：

"那是个挺烦人的家伙啊。"

"是啊，我也这么想……于是，数百名互不相识的乘客之中，他之所以被随机作案罪犯盯上，全在于他引人注目这一点。"

"令人讨厌？"

"对。他那种旁若无人的举动，被其他乘客憎恶也可以理解，连我都很生气。"

"所以，才杀了他吗？那么粗暴的家伙。"

太刀洗喝了一口咖啡，加一句开场白"虽然是想象"，然后继续说道：

"不是为了杀他而盯上他，在井之头线闹事的男子，在中央线的站台，偶然地站在罪犯跟前吧。如果因此就被推下铁轨，可见罪犯是一名确信犯[①]啦。他认定自己的行为正当。虽不能说十中八九，但五成把握是有的。我觉得，他会留在现场见证其行为的结果。"

听来不由得令人点头称是。被害者从上车到抵达终点，就骂声、踢门声不绝于耳，尽管我努力漠然置之，但心头朦胧的感觉，确实与杀意相似。然而——

"我想问的是，为什么你装作采访，罪犯就会靠近过来呢？"

对这个问题，她微微一笑，爽快地答道：

"对一个无法容忍在电车里烦扰大家，要出手把人推下站台的正义汉来说，一个不惜烦扰他人进行采访的记者，也是挺难容忍的存在吧。我觉得他挺大可能性会过来看清楚我的脸的。"

---

① 确信犯，指基于信念而坚信自己的行为正确的罪犯。

那么，太刀洗是把自己当成下一个猎物，以身犯险引出罪犯？

她若无其事地补充道：

"而且，我一开头就嚷了一句'事件'，他一定担心自己的行为被人目击了吧。"

"……要是那样罪犯还不冒出来呢？"

太刀洗放下咖啡杯，满不在乎地说：

"也就是以我的瞎想告终而已啦。一击打空，算我们正事的小插曲吧。"

我把数码相机还给太刀洗。就是那部拍下了押送车站管理处的男子侧脸的照相机。她接过相机，确认了数据。

"谢谢。"

太刀洗采取行动吸引罪犯，使他止步。其间我对站员说明情况，做好抓捕的准备工作。

即便如此，我想，如果罪犯稍有观察力，也许就能察觉太刀洗的陷阱。正因为"采访"是她的本职工作，所以她做起来很地道。只不过，包里有录音机的人，拍摄现场却不用摄影机而用手机，这是不自然的。由此而察觉到

"她的照相机交给了别人"的话，也许就会发现我——我在找那个留意太刀洗的人，亦即罪犯。

我看看表，虽然有充分理由迟到——列车停开和录取口供，但我也得过去了。有一个饭局。

"你拍得挺棒啊。"

数码相机的画面显示出我拍的照片。照片上，一个带着轻蔑神情的男子正向着太刀洗迈出一步。她看着照片，嘟哝了一句。

"哎。"

"嗯？"

"你当时相信我是为了引出罪犯而开始采访的吗？"

她的性格的确麻烦。但我们交往超过十年，太长了。无论多么复杂的人，他的内心我都能大致明白。我点点头。

"我相信啊。"

但是，她的嘴角浮现释然的微笑。

"可是，你瞧——"

她指着自己装作采访的侧脸。即便数码相机的小小画面也能看出，她手握录音机，面露喜色。

"你不觉得这模样很讨人嫌？"

"……你故意的吧?"

没有回音。

那无言却是至高的雄辩。她恐怕是这样想的:

——虽然是那么打算的,但内心真是那样吗?可以说,完全没有眼前遭遇了案子的大喜心情吗?

我明白到这一步,也就无话可说。关于她的工作及其命运,我始终无能为力。恐怕今后也如此吧。

太刀洗操作相机,删去我拍的照片。

"要删掉吗?"

"噢噢……虽然对于你这位拍摄者不太友好,但自己与嫌疑人有关系,这张照片就不能用于报道了。"

"所以嘛,不必删去也行啊。"

日后也许会作为某件事情的证据呢。但是,太刀洗摇摇头。

"我留下了它,就会想,它能不能在某处发表。我没有自信我永远能战胜这种诱惑。不仅仅是有工作的时期啊。"

太刀洗看看表。

"得走啦。很高兴能见面。"

车站前,"人身事故"的混乱痕迹已经没有了。

恋

累

情

死

一

桑冈高申和上条茉莉殉情自杀，震撼一时。

第一条报道是从电视上看到的。我完成了一项工作，夜晚回家，泡了澡，洗好后打开电视机，出现这么一条报道。已经发出搜索通告的三重县某高中一男一女两名学生，遗体已被发现。现场有二人殉情自杀的遗书，县警方正循自杀和他杀两个方向调查。大概因为是未成年人吧，桑冈和上条都没有报出他们的真实姓名。

我分配到周刊杂志的深度调查编辑部已有三年，好歹已经习惯了应付负面的调查报道，对艺人、上班族自杀的痛切感受，也都能排解了；但听说是青年男女自己了断性命，心情就不免暗淡下来。一想到自己已经处理好手头的事，这案子恐怕还得自己来负责，就越发难受。

世上就是有脑子好使之人。有人看一眼两人死亡的地名：三重县中势町恋累，便给二人死亡一事取名"恋累情死"。这个时期恰好没有大事情发生，明早的电视新闻该大肆报道这件事情了。

电视重放了好几次取自初中毕业相册的脸部照片。在集体照里，同学围绕下的上条茉莉一脸腼腆，身穿昭和氛围的水手服，予人颇好印象。桑冈高伸则脸上长青春痘，镜片后的眼睛是较真的神情，朴讷不令人讨厌。关键是，脸庞还都很孩子气。

二人留在现场的遗书也一再出现在屏幕，用怪怪的、年轻人的声音读出来：

没想到这世界是如此不堪的地方。

我和茉莉决定去死。

我觉得，你们马上就会明白理由。

想对爸爸妈妈说谢谢。

还有，对不起。

——高伸

想到这样就能结束，我很放心。

假如可以和高伸携手通往那个世界，也算高兴的。

——茉莉

他们的死里头，确实有某些动人心魄之处。在稚拙却饱含真情的遗书里、在纯真的头像照片上、在尚未明了的动机之谜里，以及"情死"这个老旧的词里头。"恋累情死"，好一阵子将是坊间压倒一切的话题吧。令人印象深刻的自杀事件，有时会引发连锁反应。最好不要以此为开端，连续出现情死事件吧。我心里想着，打开笔记本电脑，收到了新邮件。发送时间是凌晨三点钟，发邮件的人是大贯总编辑。

昨天的预感应验了。电子邮件上说，由我负责调查报道三重县的自杀事件。

二

出差用的波士顿手提包已收拾好，随时可以拎起就走。周日原本是休息日，可有了这样的突发事件，休息日当然不存在了。因为可以补休，我也没啥不满。

上午八点钟，我走出杉并的家，前往三重县的中势町。昨天为止知名度近于零的中势町，从这时起的好一阵子，将为全日本所瞩目。

我在东京车站的小卖店买了全国性大报，搭新干线时过目一遍，在活页夹上归纳好信息。

发现遗体，是在周六的下午六点。一名喜欢在天将黑未黑时钓鱼的人来到河边，他发现桥脚处勾住了人，就报了警。三十分钟后，消防署和消防团联手救起一个人，但他已经死亡。死者叫桑冈高伸，由他身上的物品证实了身份。

在打捞桑冈时，消防团员发现了上条茉莉的尸体。据说在俯视河流的山崖上，她刺喉而死。"恋累"似乎是这一带的地名，包含这段悬崖。仰卧的尸体旁，丢弃着大学的笔记本，上面有桑冈和上条联名的遗书。因为有这份遗书，可知两人的死属同一个殉情自杀事件。现场留下一把折断的小刀，被视为上条刺喉的刀子；同班同学证实是桑冈的物品。在今早的阶段，验尸报告尚未出来，情死的原因也不明朗。

二人都是十六岁，上同一所高中。他们从小学起就同校，似乎住得近。读高中时，二人都加入了天文部。不实际采访还不能确定，但不难想象二人是青梅竹马的感情关系。

新干线通过滨松站一带时，有电话打进来。我看手机，是总编辑打来的。我到车厢连接处听电话，电话里头传来夹杂杂音的古怪嗓音。

"辛苦啦。在路上吧？"

"在新干线上。"

"哦，这案子拜托啦。"

总编辑大贯今天应该是休息日，雷打不动的。他孩子还小，即便周六加班至凌晨，周日的家庭活动都是必不可少的。这么一位老总特地来电话，不会只是确认一下情况而已的。

"有什么动向吗?"

"没有,不是那个。我安排了协调人,所以跟你说一声。"

"协调人?"

我皱起眉头。出差采访时,常常安排熟悉当地情况的采访协调人。他们或事前申请采访许可,或安排高效率的采访线路,海外采访时还兼翻译。但是,那是安排采访特辑、需要专心落实采访工作时的情况,像这次的突发事件,从没有安排协调人的。另外,我也不认为有这个必要。

"怎么又安排这个呢?"

"恰巧一位给月刊写稿的人在附近,我看正好,就请她帮个忙。"

一个人能干的事情还派增援,似乎有能力被质疑的感觉。不过,到了陌生地,即便有人引引路也好,就当它是好事情好了。

"明白了。那位的名字是?"

"听说过的吧?是太刀洗、太刀洗万智。"

"……噢噢。"

不知他怎么理解我的回应,他的声音变得愉快起来了。

"你知道就好说了。我让她马上跟你联系。"

"好的。"

"这人有个性,但脑子好使。你来掌控局面,好好干。"

电话那头透出"爸爸快走"的说话声。总编辑没想到我听得见吧?

"好,就这样啦。"

他用一惯的粗嗓门结束了通话。

我把手机放进兜里,叹口气。原本就是一次气氛凝重的采访,感觉就像背上了多余的负担。做记者也有是否擅长的问题,我就不大喜欢跟自由写作的人一起做事。从前,我曾因为一个光是嘴巴能说的自由作者写的不靠谱报道而倒了大霉。

虽然没读过太刀洗万智写的报道,但我记得,调到月刊部的同事曾说她"是个不好对付的、令人无奈的对手"。虽然我没问是什么意思……

我即将要返回座位、走到自动门跟前时,察觉手机在震动,便再次取出手机。从陌生的邮箱发来了电子邮件。

——都留正毅先生:我叫太刀洗,今天请多关照。故去二人就读的高中老师同意采访了。您说可行的话,我就安排,如何?我的电话号码是——

我有点儿期待见这位自由撰稿人了。她没写"死亡的二人"或"两名死者",而是说"故去二人",颇合我意。我放松坐下来,回复了电子邮件。

我在名古屋站下了新干线,搭乘近铁特急来到津,从津换乘普通列车,行驶约十五分钟后抵达中势町。

踏上没有车站工作人员的车站,满目寂寥的景色。

首先映入眼帘的,是一间马口铁招牌的香烟小店和一家不挂字号帘的简餐店。巴士环岛周围的房子,都显得低矮、陈旧,仿佛围绕环岛而建。其中,唯有一间崭新建筑物脱颖而出,是日本随处可见的便利店。

若在平时,我会向编辑部报告一声,但今天是周日,原则上编辑部里没人。我给总编辑发个电子邮件代替报告已到达,然后打给太刀洗。只响了一次铃声对方便接听了,仿佛正等着这个电话。

"您好,我是太刀洗。"

声音略显低沉,但吐字清晰。

"喂喂,我是都留。"

"请您指示。"

"您客气啦。"

"您现在在中势站吧？我五分钟之内到达。"

"好的，我去便利店买点东西。"

彼此说声"请多关照"后，挂断了电话。

必须在便利店里买便笺。平时是放在包里的，但几乎用完了，早上太急没能补充。我在小小的文具柜找到了办公用便笺，付了钱出店门，应该还不到五分钟吧，身后有人打招呼了：

"您是都留正毅先生吗？"

是刚才电话里头的声音。

我回头，只见一双细长清秀的眼睛看着我。一名个子高、头发长的女性，穿一身象牙色西服套裙，除了肩挎的宽幅包包以外，没一样看起来像自由撰稿记者。脸颊到下颚的线条纤细修长，使得表情略显冷峻。我回答道：

"对。您是太刀洗女士？"

"是的。刚才邮件多有打扰，我叫太刀洗。"

我们交换名片。大贯总编辑介绍她是"作者"，但她本人名片的头衔是"记者"。因为说是她领我办事，所以我还以为她可能就住在这附近,但名片上的住址是东京。

"大贯硬塞活儿给你了吧。"

"哪里,不知道我是否帮得上忙呢。"

"他说由你带着跑。"

太刀洗点点头,取出一张名片。这是《伊志新闻》的记者名片。

"我跟当地记者说好了,请他们允许我们便宜行事。"

"噢噢,那就方便了。"

我们周刊杂志没有加入记者俱乐部,因此不能出席警方的记者发布会。如果没有加入了记者俱乐部的记者帮忙,不仅弄不到警方的正式公布,连警方答问也常常是从电视新闻上看的。

若在大城市,我可以分享加盟记者俱乐部的记者的公开资料,但在这一带一个熟人也没有,真不知怎么解决呢。有门路就省事了。我表示了谢意,接下名片。

太刀洗瞥一眼手表。这是一个表面小巧的手表,跟她一身无可挑剔的打扮似乎有点不合拍。

"电子邮件里也说了的,我约了有东西可谈的老师聊一聊。一位是上条的原班主任,还有一位是两人都加入了的天文部的顾问。"

"真的约了现职教师？"

"对。"

别看她若无其事的样子，这事情可不简单。

学校出了事，自然要采访老师。但是，他们在公务员之中，也属于监督严格的部分，一般不接受采访。常见模式是教导主任出面应对，教师们只能说"由教导主任回应"这既是为了保护学生，也是因为教师本身不习惯应付学校之外的世界吧。记者们往往跑了多次，好歹面熟、能说说闲话了，才有机会从老师口中得到一句半句有用的话。

然而，太刀洗在发现遗体的翌日，竟然约到了两个采访……果然不同凡响。前辈评价她"不好对付"也就合理了。我并不是发牢骚：主导权一下子就被她抓住了。

"约定时间是两点钟，还有点儿空。您想去哪里走走？"

我重新振作精神。有时间的话，首先要去一个地方。

"我们去一下发现遗体的现场吧。"

"现场第一"是采访的铁律。太刀洗点点头，说道：

"出租车安排好了。"

三

几分钟后，一辆显示已包租的出租车驶过来。我告知了目的地。

"去恋累。"

略显苍老的司机很懂似的点点头，慢慢发动了车子。初来此地的我尚未抬眼眺望车窗外的景色，太刀洗递过来一个褐色信封。

"您对情况掌握到哪一步了？"

"我看了早上八点钟的报道，你知道二人的家庭构成吗？"

"大体上吧。"

据太刀洗说，桑冈高伸是父母和弟弟四口之家，而上条茉莉是父母和她一个独生女过日子。有没有一起居住的同龄亲戚，父母职业等详情看来还不清楚。

"我弄到了几张照片。"

她递过来两张照片。

跟早上电视播出的照片不同，这些是私下非正式场合拍摄的吧。桑冈高伸穿单色T恤衫配牛仔裤,手里提着西瓜,无忧无虑地笑着。感觉是夏季典型的照片。上条茉莉的照片看来是在朋友生日会上拍的。女孩子们围绕生日蛋糕各取姿势,当中的上条面带羞涩,手在胸前作了V字手势。

"从他们的朋友处借的。地址也都有,可以接触。"

毅然赴死的二人,在照片中看,都只是普通高中生而已。正因为这样,他们无邪的笑容令人心痛。

照片不能原样刊登在杂志上。要刊登逝去者的照片,须获得遗属的同意。

"获得刊登许可了吗?"

"还没有,我还没能接触到遗属。"

从太刀洗半天时间即已获得两张快照、约定两名教师采访的身手来看,我不觉得她找不出遗属的地址。大概是遗属不愿见记者吧。这也是自然的。自己的孩子自杀了,还没办丧事,不可能有心思同意人家使用照片。这一点就相机行事吧。

"关于动机,有什么说法吗?"

"……没有。"

"比如说,欺凌之类?"

太刀洗摇头,说道:

"校方评论说,没有发生过欺凌。借给我照片的同班同学也说,应该不是学生之间有什么麻烦事情,说这所学校没那种事……当然,应该不会连一个背后搞小动作的孩子都没有,但在现阶段,没有理由考虑是欺凌过甚导致自杀。"

既然不单是校方,连抓拍的好友也说同样的话,应该可信。起码遗书上没有片言只语暗示欺凌。桑冈和上条一起死去,感觉从二人关系上找动机较为自然。

偶然间,看见太刀洗拿的褐色信封里微微露出另一张照片。

"那是——?"

我以视线和语言探寻道。

露出三分之一左右的照片,似乎拍的是笔记本之类的东西。要说与此事相关的笔记本状的东西,只有遗书。我今早从电视上读了好几遍遗书,但电视上没有播放实物图像。

然而,太刀洗无动于衷。

"哦,这个稍后再说吧。"

我马上察觉到理由:司机在场不便,她介意。看来那张照片还没有公开。太刀洗把信封收回包里,改变了话题。

"噢,您刚才是买便笺吗?"

"对,便笺是我的必需品,快用完了。"

面对突发事件,当事人会大失方寸。提出采访只能给人家一个坏印象。

此时应当寄信。信件的话,一方面对方可在心情平复时阅读,另一方面,写信时也可以深思熟虑,做好说服工作。当然,这样做既有可能触怒神经质者,也有人从信中得到抚慰,接受采访。

"买到好的了吗?"

"噢,就是便利店水准的东西了。"

"我有备用的男士便笺,合适的话您用吧。"

太刀洗从包里取出便笺,那是用仿和纸①的纸张制作的。说有女性感觉也无不可,但的确是男士使用也不妨的类型,总之品质高雅。我喜欢它每行间隔大。如果间隔小,

---

① 和纸,是日本传统造纸法制作的纸张,较为雅致、郑重。

字也就小,字挤在一堆的话,不适宜寄给初次采访的对象。

"这个太棒了,感谢感谢!"

"您觉得能用就最好啦。"

我对太刀洗很感兴趣——她连备用便笺都带着!怎么看她也就三十出头,恐怕还是二十多呢。就是说,跟我是同一代人。

我想在车子抵达目的地前,问几句她的情况。

"您是在东京工作吧。来这边采访?"

"对。"

冷淡的回应。略停,她觉得太简短了吧,加了一句:

"有一周了。"

"这么久!挺有搞头的吧?"

"……怎么说呢?"

太刀洗歪着头想。

"您知道去年三重县教育委员会和县议会议员好几次被人寄炸弹的事吧?"

"嗯,我记得。"

我当然记得。

如果说是寄炸弹给议员这种事,比较适合周刊杂志报道。但是，且不说炸弹，骚扰议员的事情意外的多，一般也没有什么背景。应该是引起一点骚动，然后渐渐被忘记的事件吧。

"差不多得有一年了吧？"

"是八月份的案子，离一年还有一阵子。"

"我记得是没有人受伤。不过，详细情况忘记了。"

太刀洗点点头。

"虽然当时报道是炸弹，其实是一个使用了药品的，单纯的点火装置。一打开纸板箱就着火燃烧，所以当事人吓得不轻，但不至于出大问题。案犯的留言也在纸箱里，说的是'在议会里打瞌睡的议员天诛地灭''砸烂放任校园欺凌的教育委员会'之类，没有具体的要求。"

"哈哈，是个愉快犯①啊。"

"侦查工作停滞已久，但通过重新排查用于点火的药品出处，似乎有了进展。"

"您在查这个问题？"

"是的。我是自由撰稿人，各方面都写。"

---

① 愉快犯，扰乱社会并以其反响为乐的犯罪者。

说来简单，为没有头绪的采访就出差一周，那可不行。这对自由撰稿人也是一样的……不，正因为是自由撰稿人，才不能瞎出差吧。她肯定抓到了什么线索，才敢花钱待在这儿。

我担心起来：她是花那么多时间和钱来这儿采访的，当我的协调人合适吗？是否因为大贯总编辑多此一举请她帮忙，我妨碍了她赶着大结局的正事呢？

我正想着，冷不防太刀洗开口了：

"我这边没关系，没有今天要动手抓捕的事情。"

"……那就太好了。大贯硬塞下来的吧？"

"没有。"

停了一下，她加了一句自言自语似的话：

"我倒觉得，这事也说不准。"

在我问这话什么意思之前，司机告知马上就到恋累了。太刀洗就此把脸转向车窗外，什么也没说。

感觉出租车也就跑了十分钟左右吧，却已经进入了山沟沟里似的，一下车，只见满眼苍翠，周围尽是树干很粗的树木。听得见水流湍急的声音，水的凉气令人感觉置身瀑布旁似的。出租车跑过的路是新修的？沥青挺新的。手机显示已在服务区外。

沿着一个大弯道的护栏外侧，悬崖往外伸出七八米，崖边挺立着两棵树形颇好的松树。地面上杂草稀疏，暴露出泥土的部分也多。这里就是发现上条的现场吧。我掏出数码相机拍摄了十来张。

公路上，除了我们的出租车，还有两辆出租车、一辆转播车以及一辆警车，成一列停着。转播车周围忙乱着，似乎就要开始摄录了。

"这边来。"

太刀洗带我往下游走。从护栏窥探下面，超过十米的落差前头，是一条极不起眼的小河。望向下流，较远处有一座绿色的桥。

"挡住了桑冈高伸遗体的，是那座桥吗？"

"对。"

距离发现上条茉莉遗体的悬崖，往下游有两百米左右。

能看见桥上聚集了许多人。是围观者还是同行？我用相机的拉近功能拍摄桥，不过也许稍后接近之后重新拍比较好。

返回发现上条茉莉遗体的现场。

太刀洗斜视着两棵松树,说道:

"据说那棵松树叫夫妻松。"

"……去世的两个人,曾经挺浪漫的吧。"

"有可能。只不过,'夫妻松'这名字是否连高中生也知道,这是有点儿疑问的。据说这是修这条路时,镇政府农林局给取的昵称。"

虽勉强说得通,但我感觉二人并不知道那个昵称。要说是在恋累夫妻松下情死,未免太戏剧化。两名高中生并非在演戏。

太刀洗继续淡淡地说明情况。

"我稍后给您资料,现场除了写有遗书的笔记本外,还有一具小型天体望远镜和一个红酒瓶、两个塑料杯子。杯子上留有微量红酒。"

是最后观察了星体并干杯了吗?不是用高脚红酒杯而是用塑料杯子倒红酒。

"发现遗体前一晚的天气,是阴天。"

"……挺不好搞的啊。"

"对。"

悬崖上，电视摄影开始了。我压低声音说话。

"发现尸体，是周六下午六点左右吧？"

"对。"

"这么说的话，自杀这件事，是从周五到周六晚上的事情吧？"

既然是带了天体望远镜来，原是想晚上实施自杀的吧？

太刀洗慎重地回答道：

"还不清楚。因为没有公布验尸报告。"

的确没有必要急于推测。应该马上就会公布推定的死亡时刻吧。

我们好一会儿没作声，继续拍摄现场、记录状况的工作。河水叮咚。

就在这个悬崖之上，女生刺喉而死，男生在河流下游被发现。我在脑子里把这个情形再过一遍，为慎重起见，问道：

"上条茉莉是自己刺自己咽喉的吧？"

太刀洗头一回有些语焉不详：

"……这一点，也还没弄清楚。"

后背掠过不寒而栗的感觉。

"也存在桑冈刺杀的可能性吗?"

"是的……作为可能性的话。"

我赶紧压低不由自主要喊起来的声音,提防拍电视的人就在身边。

"那么,桑冈高伸杀害了上条茉莉后纵身跳崖,打算投水自杀的可能性也是有的。"

"有可能吧。不过,都留先生,死因还没公布。就现阶段而言,不宜说任何意见,对吧?"

那倒是的,但是,说警方公布之前,一切都不明朗,也是极端了。如此自制,莫非她知道些什么?

我再一次交替察看发现上条的崖顶和发现桑冈的小河下流。得到信息时,我心里头有点儿嘀咕;现在这样子站在现场,感觉不对劲和疑问之处就更膨胀了。

桑冈高伸和上条茉莉在笔记本上写下二人要去死,而实际上二人都离开了人世。但是,为什么尸体发现现场隔开了呢?想着共同赴死,却死在了不同地方——崖上和河里,这是为什么呢?自杀手段各不相同,这是为什么呢?

或者,可能提出这个疑问本身,就是错的……

我沉思着，身边太刀洗在慢悠悠看手表。

"约了两点钟，也许我们该动身了。"

"……明白。"

我们离开悬崖，走向出租车。

在跟其他采访者拉开了充分距离后，太刀洗突然止步，打开了肩挎的包。她从褐色信封里取出一张照片。肯定是来这里的途中，我在出租车里窥看到的东西。

"只有一张，所以现在不能给您——还有这样一张照片。"

不出所料，是从笔记本抄的。

"这些字，写在那个有遗书的笔记本的最后。"

从笔迹上看，判断不出是桑冈写的还是上条写的。凌乱、潦草的文字，在上面只写了一句：

救命啊。

四

返回市区途中，我问司机二人上的县立中势高中评价如何。等待了很长时间的司机完全没有不悦的神色，却对这个问题犯了难。

"怎么说它好呢？就一般吧，一般般。太笨的家伙进不去，但真能读书的孩子，大多是到津上学。虽然也有淘气的孩子，但也没有特别不行的评价。"

"这是一所新学校吗？"

"不，挺旧的。前不久才纪念了建校一百周年吧。嗯，总而言之……"

到最后，司机平静地说了一句：

"这种事情是头一次啦。可别来第二回了。"

就此车里陷入沉寂。太刀洗眼望窗外，像在思考什么事情；司机也不主动说话。我也有事情要想一想。

写遗书的笔记本上有一句"救命啊"，是什么意思呢？

桑冈高伸和上条茉莉二人被认为是自杀的。那为什么写下了求助的话呢？如果二人是他杀的，事件会很凄惨，但可以理解。因为被人袭击，所以写下了"救命啊"，合乎逻辑。但是，其他纸页上写的话，也明明白白是自杀前的遗书。并不是换个念法，就不再是遗书的暧昧说法，是二人都清晰地意识到死亡的句子："我和茉莉要去死""假如能去另一个世界"。莫非有一个完全无关的第三者出现，袭击了决定要自杀的二人？

可能吗？那实在是难以想象。假如有那么重大的嫌疑，各报道单位会更卖力一点儿吧？电视台、报社按照既定方针办，意味着警方完全不怀疑是有第三者的他杀案件。

我想到一件或许是极简单的小事情：

"太刀洗女士，那些文字也许与自杀无关，是事件之前写下的吧？"

回答颇为明快：

"笔记本是新的。但凡学生都有好几本笔记本吧，二人为了写遗书，特别挑了新的用。在写遗书之前，本子上不该有别的话。"

既然那本笔记本是新的，就该像太刀洗说的，写遗书之前不该有"救命啊"的字样。那么，该怎么看呢？总之，两名高中生之中，至少有一人，是在希望获救的情况下死掉的……

不，必须更换思路。像太刀洗说的，在死因和死亡推定时刻都没有公布之时，没必要考虑太多。现在应该把注意力集中在采访上面。

尽管是这么想，但看上去是用尽了全力写下的"救命啊"这几个字，就像烙印在我脑海里，怎么也抹不掉。

和老师见面的地方，太刀洗租了镇上唯一一家商务酒店的会议室。

会议室是个没桌没椅的大房间，平时可容十几人开个研讨会的样子。我从房间一角堆叠的钢管椅子中搬出三张，摆成彼此相向的样子，但感觉不佳。尽管如此，考虑到老师会忌惮别人看见，这地点还是蛮好的。

商务酒店离遗体发现现场倒是意外的近，我们走进会议室时，离约定的时间还有约二十分钟。在这期间，太刀洗向我介绍了采访对象的详细信息：两点钟抵达的教师叫下泷诚人，五十三岁，教现代国语，去年是上条茉莉班的班主任。

"今年呢？"

"今年也做了高一的班主任。"

能采访现任的班主任，才是最好的。不过，要求这一点就强人所难了吧。

下泷诚人迟了十五分钟到。

他的打扮颇为拘谨。套装西服，宽式领带打得很严谨。衬衣雪白，没有一丝皱纹。身体敦实，脸庞有一丝天真，眼神却颇为锐利，有一种威压感。他进入会议室时轻轻点了点头，但对于迟到没有任何歉意的表示或者解释。他默然在钢管椅子坐下，等我掏名片时，才突然醒悟似的站了起来。

太刀洗从中介绍：

"感谢您休息日特地过来。这位是刚才说到的都留先生，任职周刊深层编辑部。"

"我是都留正毅，感谢您今天的配合。"

下泷应道：

"噢噢，不客气。"

他虽然接过了名片，眼神却游移不安。像是不知该不该给记者名片，也像是缺乏交换名片经验的困惑。我怕他不安过度影响了接下来的采访，便说声"请吧"，示意他落座。下泷松了一口气似的再次在钢管椅子上坐下来。

太刀洗没自我介绍，也没递名片。应该是约定见面时寒暄过了吧。等我坐下，她也在椅子上坐下。

我首先表达谢意：

"感谢您过来接受采访。我听太刀洗说，您去年是上条的班主任，事情太不幸了。"

下泷严肃的表情突然泛起阴影。

"她是个好孩子。不单是上条君,我也是桑冈君的任课老师。这次事件,实在是太遗憾了。"

虽然冷静,听得出沉痛的心情。

我从上衣口袋掏出录音机,给下泷看。

"我可以录音吗?"

"……噢噢。"

回答迟疑,看来对采访仍有戒心吧。考虑了约十秒钟,他终于说了"请吧"。

我按下录音机按键,翻开手账。

"太刀洗应该说了我们的目的了吧。我们对于去世的二人,不打算写些穿凿附会的东西。因为此事引起了很大的社会反响,我们想在不伤害他们名誉的情况下,了解事实。"

下泷用尖锐的目光盯着我:

"您说的是。可事实本身即便伤害了上条君他们的名誉,您也要吗?"

"即便是事实,我们也不报道毁损名誉的事情。因为他们是未成年孩子,我们会十分慎重地对待。"

"我当然很希望是这样子。"

下泷说着，叹一口气。

"您这样说，是因为他们有某些不好的事实吗？"

"……既然不报道，不问也罢了吧。"

"是的。不过，不把握事实关系的话，最终有可能变成说假话。"

下泷苦着脸，摇摇头。这动静有点儿做作。

"这一点我明白。我说的纯粹是打比喻，并不是说真有什么事情，你们理解吧？"

这说法不由得让人不痛快。这口吻有点儿像老师在教小学生，让人听来反感，但更多让人感觉是在辩解。说不准桑冈和上条真有什么不好的事情？

但是，我决定把疑问留在心里，从这方面抽身。过分纠缠下去、得罪了下泷的话，将鸡飞蛋打。

"明白了，不好意思。"

我躬躬身子，接着话头：

"……我想向老师您了解他们在校的印象。上条同学是怎样的学生？"

"那孩子啊——"下泷抱起胳膊，从鼻孔长出一口气，目光依旧盯紧了我。

"上条呢,是个老实孩子。她总是笑眯眯的。班里的工作,她总是面无难色地接受下来。那么好的孩子……太没天理了。"

"您说到她在班里的工作,比如说呢?"

"她是年级委员。"

也许是个好孩子。但是,也有可能是个没主见、被迫做不喜欢事情的孩子。尝试稍稍往下深挖一下。

"她在学校没出现过异常之举吗?"

"您指哪些方面?"

"也就是说,这话不好在老师您跟前说,这回的事,就没找到原因。上条同学的校园生活没问题吗?"

下泷仍旧绷着脸,没有明显和缓的迹象。他的目光有些盛气凌人:

"您的意思是比如说,她有没有受到校园欺凌,是吗?"

"对呀,比如说呢?"

这一来,下泷紧皱双眉了:

"我也许能断言:没有这种事。本校不存在一切校园欺凌行为。而且上条同学朋友多,不是那种受孤立的孩子。"

"老师您的名字，不会刊登出来的。"

"这不是因为我是中势高中的老师，才这样说。作为一个事实，我从来没听说过本校有校园欺凌。"

我点头。因不堪校园欺凌而自杀这条线，实际上完全没有被怀疑。我之所以问这些，只不过是确认而已。

我翻动手账。

"明白了。那么，来说说桑冈同学吧。"

下泷皱起眉头。

"他呢，因为我不是班主任，说得不够完全吧。他似乎不是你怎么说他怎么做的类型。我也有印象，这孩子似乎有点儿厌世。"

我停下手中钢笔，抬起脸，正面接受下泷的视线。

"……'有点儿厌世'？比如说，提到过'想去死'吗？"

"我没那么说。"

下泷耸起肩膀，像在说："扯远了吧？"

"我是说有这样的印象。"

之后又问了几个问题，但没有值得一提的地方。

关于上条的学校生活和人品，比较鲜明、清晰起来了。而关于桑冈，虽然想再问一下，但下泷似乎不大清楚。

"谢谢您啦,很有参考价值。"

我表示了谢意,刚要结束采访时,一直默不作声的太刀洗适时插话进来:

"下泷老师,我可以向您提一个问题吗?"

"哦?噢噢,您请吧。"

下泷认准了太刀洗在这种场合会一言不发?他似乎有点事出意外。太刀洗不动声色地问了一句:

"下泷老师在中势高中教书很长时间了?"

"对对,已经三十年了。"

我很吃惊。公立学校的教师调动颇多,从未听说有人在同一所学校干了三十年的。太刀洗也颇感意外,问道:

"那是很长时间了。一直没有调动?"

下泷皱起了眉头,回答道:

"因为有祖传的田地,所以请求予以照顾。"

"在校时间这么长,对校内情况挺了解了吧?"

"嗯,不客气地说,关于学校的事情,我算是活字典啦。"

太刀洗听了,轻轻点了点头,说道:

"是吗？谢谢啦。"

太刀洗说完，又像刚才一样不作声了。

我瞥她一眼，见她面无表情，像在想什么事，也不看过来。下泷在学校任教时间之长确实令人意外，但不觉得跟这次的事情有关系。她这番话是啥意思？我这念头似乎跟下泷挺一致，我跟他相互看了一眼。

总之，应该没有问题了。我难掩失望之情，说道：

"……感谢您今天抽出宝贵时间接受我们的采访。"

五

我提出给他寄登载采访内容的那期杂志，下泷说"不必了"，冷淡地拒绝了。寄到学校不大好，又不想说出家里地址吧。他头也不回地走出了会议室。

我按停录音机，歇一会儿。

"接下来呢？"

"叫春桥真，也是中势高中的老师。他教物理课，没上过桑冈或上条班的课，但他是课外活动小组的顾问。采访时间定在四点开始。"

我看手表，两点五十分。空出了一点儿时间，但这是没办法的事情。两个采访时间太靠近的话，下泷和春桥可能会撞车。虽然还有更换地点这一招，但在陌生城镇再找一个有这种会议室的地方，很不容易。

"稍微接触的印象，这位春桥真似乎属于颇为轻佻的性格。我请他接受采访，他首先就问我们能出多少钱。金额没说，但说好得收谢礼。"

"明白了。"

作为原则，采访时是不付礼金的。因为有人会看在钱的份上编造谎言。但是，也有不得不以协助采访的名义付谢礼的情况。我的出差包里常备有礼金的信封，这次我往里面塞了两万日元。

环顾空荡荡的房间，我问道：

"这个房间我们租到几点钟？"

"租用到五点钟。不忙的话，您休息吧。"

"您呢？"

"我得去一个地方，离开一下。"

只是出于本能，而不是担心被她抢先了：

"如果有采访任务……"

"不。"

太刀洗无所谓地说道：

"中午还没吃东西，去填填肚子。"

于是，我自己拥有了一个小时的空闲时间。

我决定在酒店大堂喝罐装咖啡，同时看午间新闻。要是在平日，综合节目也会大谈时事，但周日的午间，只有NHK播送新闻。NHK果然没有使用"恋累情死"这个耸动的词，新闻评论员淡淡地说了警方的公布。我盯紧了里头的新信息。

没有提及笔记本最后写的"救命啊"的文字。曾想是否来不及编辑进午间播报，转念觉得不可能，快是电视台的命，不可能的。即便节目已经开始，给评论员递张纸条，就能播出最新消息，这才是电视台。这么说，那个"救命啊"的句子，目前是太刀洗的独家新闻的可能性甚高。几个念头同时浮现：感叹太刀洗竟然先于电视台拿到消息；怀疑她是怎么得到的；如果我不是周刊记者而是电视台或报社记者，我早已把独家新闻捅出去了。还有一点点的不快……嘿，就是嫉妒吧？

也得到了一项有用的信息：发现上条遗体的现场，没有争执的痕迹。如果真的没有争执的话，被第三者袭击而写下"救命啊"的想法还是不能成立。这么一来，是怎么回事呢？苦思冥想之中，一个小时很快就过去了。

虽说春桥真疑似性格轻佻，但他倒是准时四点出现了。

他穿得颇为休闲。上身短外衣，下面配的是牛仔裤、旅游鞋。短外衣里头是T恤衫，与西装领带的下泷恰成对照。

"休息日占用您的时间，非常感谢。我是都留。"

我递上名片，春桥笑嘻嘻地点头。

"谢谢。不好意思，我没有随身带名片。"

"啊，不必不必。"

圆滑的应对，感觉得到他有应付这种场合的经验。也许当教师前，他还干过别的工作。例行寒暄一过，三人在钢管椅子就座，春桥先开了口。

"是要谈什么呢？"

他表情轻松，那轻浮的笑容让我有点介怀。他拒绝让我使用录音机，我翻开了手账。

"春桥老师是桑冈高伸和上条茉莉两位去世的同学都参加的天文小组的顾问老师吧？"

"对,是的。因为要发挥学生的主动性,所以这顾问是徒具形式的。"

看他很不在意的样子,感觉顾问真的只是形式,跟二人关系不深。我一边动笔记录,一边发问:

"请您介绍一下桑冈高伸和上条茉莉两位同学在校的情况。"

"在校情况啊,没啥印象呢。"

春桥说话的腔调有点带刺,但也许是听到学生的名字吧,他的表情变得冷峻起来。

"上条是个细腻、温柔的孩子,对事物有感触。她爱哭,说凡事都挺可悲的。身为高中生,情感上她却像个初中生。"

"像初中生"这个比喻不是很明白。相较之下,爱哭倒是令人在意。

"比如说,什么事情可悲呢?"

"这个嘛,比如说,"春桥的嘴角浮现出有点儿嘲讽的笑容,"看见的星光是数万年前的,挺可悲,之类。"

我记下了这句话。

"桑冈呢,是个浪漫派,不合群的家伙里常有这种人。有时会拿把小刀逛来逛去的。"

"是小刀——吗？"

在发现上条遗体的悬崖上，发现了据认为是插进她咽喉的小刀。我重复他的话加以确认。

"桑冈同学平时身上带小刀吗？"

"他是那么说的。我发现了会说他。"

"没有没收？"

春桥耸耸肩。

"管学生另有班主任负责。"

尽管如此，还是可以没收的吧，是他没想那么做吧。我继续提问。

"您看到的，跟遗体发现现场找到的是同样的刀吗？"

春桥嘴角一挑笑了。

"这个嘛……那把刀是怎样的，我没看到。"

之前一直没作声的太刀洗马上从包里掏出照片。掉在地上的是折叠式小刀，刀柄黑色，刀刃在半中间折断了。春桥接过照片看一眼，点了点头。他一边把照片还给太刀洗，一边嘲讽地说：

"咳，就是那种孩子嘛。他大概真的希望站在月亮上。"

冲口而出的话，连声音都变尖了。

"站在月亮上？"

"对。他说，希望从月亮俯视地球。"

我犹豫不决：可以原原本本接受春桥说的、二人的情况吗？的确，桑冈和上条是纯朴的年轻人吧，但是，"为星球的遥远而落泪""希望站在月球上"的话，感觉有些过了——是春桥加入虚构成分了吗？

"另外……"

突然，春桥的声音低了下去。

"对了，他还曾问我：怎么才能不难受就死掉。"

我不由得探出身子，问道：

"那是什么时候说的？"

"噢……第三学期——是一月份吧。"

从时间上看，那并不单是一个奇怪男子的闲谈，应该是真考虑了自杀的可能性吧？春桥察觉到了吧，他也显得有些拘谨。

"那您怎么回答的呢？"

"我说'是老死吧'。那孩子不大满意这答案吧，他没再提这件事——"

春桥欲言又止。如果接着说下去，不外就是："他没再提这件事，我也不觉得他在认真考虑这个事情"吧。

手账翻过一页，我问道：

"其他还有什么吗？"

"这个嘛……"

春桥歪头思考，突然很肯定地说：

"他们与现实相处的能力之低，实在叫人抓狂。"

"……具体说……"

"这两人在谈朋友，这是很明白的。但是，最近似乎有烦恼事。当然了，烦恼很正常，可他们是无法想象地投入。比如不做作业、小测验交白卷。不管有多么烦恼，你测验得零分，这总不是个事吧？"

他说着，笑了。

不知有多么烦恼——春桥这么说，可他们烦恼得要去死！我正是要弄清楚这些地方。

"您知道他们烦恼什么吗？"

这么一问，不知何故，春桥眼看着不高兴了。

"哦，我不知道。"

"那，您觉得谁会知道呢？"

"桑冈好像跟高一时的班主任聊过各种事情。"

从他的口吻，我感觉明白他不痛快的理由——他不喜欢桑冈撇开他，找别人谈心事吧。也许春桥期待桑冈和上条像朋友那样跟他交往。

"我确认一下：是找桑冈同学高一时的班主任吧？"

但春桥简洁回应：

"不，是上条的。"

我不禁回头看了太刀洗一眼。上条高一时的班主任，不正是刚才那位下泷吗？桑冈找下泷谈自己的苦恼……这位谨慎万分的自由撰稿人对这些关系一清二楚，于是安排了采访下泷吗？仅仅一天时间，就能查到这种地步？

这位太刀洗瞪圆了双眼，显然很吃惊。

对迄今几乎不动声色的太刀洗如此大的反应，我也吃了一惊。她察觉到我的视线，悄然控制住表情。然后仍是抿着双唇，轻轻摇摇头。仿佛只是偶然失态。

假如下泷知道桑冈烦恼的内容，为何他没说呢？失之交臂！只是想来，与其说是他没说，毋宁是我没问才对吧。最终没能防止自杀，就不想主动跟人提起聊过那些烦恼了吧。另一方面，我感觉到下泷似乎知道某些事，但我没刨根问底。当然，那时候还不知道桑冈找下泷谈过的信息，但也不得不说自己不严密……好失败!

我按捺住后悔之情,继续提问题,但之后没有得到新内容。我合上手账,低头致谢:

"非常感谢您。"

"不用客气。"

春桥仍低着头,坐在钢管椅子上。

"据说这次是有……"

"噢噢,当然有的。"

我从包里取出装了协助采访费的信封。感觉到春桥的视线转到我手上。此时,太刀洗突然想起似的问道:

"春桥老师担任过学校的理科主任吧?"

"嗯?噢噢。"

春桥语焉不详,仿佛遭受了偷袭。太刀洗再次追问:

"是从什么时候起?"

"哦哦,是今年起,因为前任今年退休了。"

"那管理备用品之类很麻烦吧。"

"嗯,是的。前任嘛,有点儿马虎,我全部重新统计了。"

春桥回答了,似乎觉得不对劲,他紧皱眉头。

"这方面有什么问题吗?"

"没有……我听说三重县要强化学校的备用品管理，只是觉得挺不容易的。"

春桥苦笑。

"哦，标本里头，拿去卖的话，也有值钱的东西吧。当然得盘点清楚。"

我没作声，听他们的对话。

说是对备用品管理有兴趣，即便是即兴的说法，也实在太勉强了吧。

完成了两项采访，看看手表，时间已是四点过半。结束工作为时尚早。我收拾一下钢管椅子，打个大哈欠。太刀洗深鞠一躬，说道：

"很抱歉，我安排的采访到此为止。"

"哪里哪里，安排很充分。"

对她而言，接受大贯总编辑指示作为采访协调人，距离我抵达中势町应该只有区区几个小时。以此看来，成果可谓超过"充分"两个字。

"您接下来呢？"

"回到自己的事情上。"

她不是因为"恋累情死",而是为别的事情来这个镇的。我不宜过分提要求,只好失去可信赖战斗力了。接下来就跟平时一样,单独完成采访。

首先希望接触遗属。恐怕不能马上跟父母和家人说上话吧。但是,不存在不可以上门的问题。地址应该可以向太刀洗要。还有,希望能接触太刀洗给名片的那位《伊志新闻》的记者。传达验尸结果的记者发布会可能很快就开了,对于没加入记者俱乐部的周刊杂志来说,报社记者既是同行,也是有力的消息来源。还有,尽可能今天之内确定报道页数。

"突如其来的请求,您却安排得这么漂亮,实在是太感谢了。我太幸运啦。"

我表示了谢意,太刀洗平淡地说:

"哪里,对我也有用。那就告辞了。"

说完她就转身离去。

六

傍晚七点钟,在中势警署召开了记者发布会,公布验尸报告。

周刊杂志记者不能进入发布会会场，我且到警署去，等等看能抓住谁来转述报告内容。中势警署允许周刊杂志记者和自由撰稿人来到发布会会场的三楼，待在走廊里。结果，关闭的会场大门外，聚集了十来个记者。

在遗体发现现场，我只看见电视台和报社的记者，没看到周刊杂志的记者。我觉得不可能一个也没有，只是没碰上而已。现在，周刊杂志记者都聚集在警署这儿了。像发生类似案件时一样，都是熟面孔。

其中一人叫户田，可能是同龄的关系吧，一见面就很多话。他貌似深沉地走近来。

"哎，都留，辛苦啦。"

"您辛苦啦。怎么样，有料吗？"

"噢，似乎挺有的哩。"

不太熟的同行听见他这说法，也凑近来。这种场合的信息交换是彼此彼此的——听不到记者发布会的人互相帮助。当然啦，独家消息另当别论。

户田也没压低声音，他挠着头说道：

"女孩子似乎怀孕了。"

"嗬……?"

我虽然惊叹一声,却没觉得多大意外。都高中二年级了,这种事情也是有的吧。从照片上看,上条茉莉很淳朴,可从事这种工作的话,则不会震惊于清纯派怀孕。

问题在于,这一点是否与动机相关。

"父亲是桑冈吧?是因此而苦不堪言……吗?"

我一边说,一边就察觉自己的话错了。因怀孕而苦不堪言寻死的,早年还好说,近来没听说过。而且,二人遗书上没有写这件事。他们因为"没想到这个世界是如此不堪的地方"才死的。

户田一脸苦相。

"要是那样倒有救了。不是那样,似乎是亲属、自己人干的!"

"……太过分了!"

"是本家还是亲戚还不大清楚,总之,是被长辈男人糟蹋、怀孕了,而父母一声不吭。"

我感觉胸口堵了块黑乎乎的东西。原先就讨厌这个案子,却没想到会叫人如此憋得慌。

"那么,桑冈是怎么牵扯上的?"

"看来他是想救她。他冲进上条家，又冲到元凶那里。一番折腾之后，才明白谁都不理他。于是，他就想以死……"

很难令人信服。我不愿意认为那样就一死了之。不过，我很明白桑冈和上条选择死的理由。

"查得很棒啊。"

我这么一表扬，户田泄了气，不领情：

"不是我查的，是《现买现卖》报纸的说法。人家有钱啊，找到了人在大阪的、上条的哥哥，问出来的。"

我当然不能用间接听来的材料，还必须采访，但情死的原因大致可以这么确定了吧。

户田斜视着我，意思是该我爆料了：

"哎，你那边有啥料？"

"哦，这个嘛——"

我有点迟疑不决，但还是说了那条"救命啊"的消息。虽有点亏心——那不是我采访找来的，是太刀洗找到的，但既然是写在笔记本上的，不用多久就会公布。既然是无法垄断的消息，不妨用来交换。

户田听了我的话，沉吟起来。

"是'救命啊'么……有含义的啊。"

"你听说过自杀还写下'救命啊'的案子吗?"

"我没听说过。对了,会是那样吗?因为倒了大霉,就在笔记本写了,然后又忘记了,用同一个笔记本写了遗书。"

在思考问题上,似乎谁都一样。

"我也曾这么认为,但似乎不对。"

户田抱起胳膊,叹一口气。

"是吗?挺烦人的案子。"

"没错,确实是那么回事。"

此时,门扉里头一阵喧哗。

聚集在走廊的同行们以及我和户田,都一起把脸转向记者发布会的会场。没有人出来,但降低了的吵嚷声还没有停下来。

"好像有什么事情。"

户田落寞地说了句说了也白说的话。

我抓住走出发布会会场的《伊志新闻》记者问情况,据他说,警方公布了遗书的笔记本上写了"救命啊",但没有提及怀孕一事。应是慎重对待去世者的个人隐私吧。公布说，从现场勘察看，没有第三者杀人的可能性。用刀刺上条茉莉的应是桑冈高伸，事件整体怀疑是委托杀人的自杀。

再问喧哗的原因，连我也怀疑自己的耳朵了。

关于二人的死因，公布是上条茉莉因咽喉受伤失血而死、桑冈高伸为溺死，但并不仅仅如此。据说二人均出现了中毒反应。留在现场的红酒和杯子都验出了黄磷。

也就是说，"恋累情死"也是服毒自杀。

他们在服毒之后，桑冈用刀刺上条的咽喉，然后投崖。组合现场发生的情况，想象整个过程。记者发布会的喧哗可以理解：服毒、刀刺、投崖三者齐下！可见桑冈高伸和上条茉莉寻死的意志是多么强烈，令人闻之动容。

而我回想起太刀洗在恋累的悬崖上说的话。她好几次制止我检讨案发过程，说"现阶段还什么都不能说"。当时我觉得她过度慎重了，但也许不是吧。

她察觉到什么了吗？

"我察觉有问题。"

太刀洗干脆地承认了。

记者发布会之后，我跟太刀洗碰头了。是在中势町饮食街一角的小餐馆。我打电话跟她确认第二天的日程，她正一个人喝酒，便约了我过去一起喝。

餐馆虽小，但整洁干净，柜台的椅子也舒服。我们挨着喝酒，我喝啤酒，她喝日本酒。顾客就我们两个，方便说事，而话题内容却让酒变了味。

以伊势湾海产作下酒菜，太刀洗喝了起来。把鲽鱼刺身蘸一下酱油，悠然送进嘴里，再喝酒。放下杯子后，她也没看我，顾自嘟哝似的说道：

"你不觉得奇怪吗？上条在遗书里特别写了一句'假如可以和高伸携手前往那个世界'。二人是决定在同一个地方、一起死去的吧。连天体望远镜也带上了，看着喜欢的星球，二人要美好地死去吧？但是，实际上他们被发现在不同的地方：一个在崖上、一个在河里。这是为什么？这一点是这次事件中最不可解之处，我一直在思考它的答案。"

我并非不觉得这一点可疑。只是，没找到答案而已。

"是怎么回事呢？"

"我有几个想法。"

她又喝了一口，不带感情色彩地说："我原来觉得，是因为受不了这痛苦，这是最顺理成章的。本来是打算一起死的，但因为死的过程太难受，桑冈为了上条解脱而刺杀了她，自己也为了早解脱而投崖。而把他们逼到这个地步的，是什么呢？我想起了现场的小刀。"

"我原以为他们最后是要喝毒酒。"

太刀洗自斟自饮。她看着杯面晃动的酒，问我：

"毒是黄磷？"

我点头。

"因为黄磷有接触空气即燃的性质，所以放在红酒里带来，这一点是对的。"

是哪一方提议带毒酒的呢？桑冈高伸是个憧憬月球、身上带小刀的少年。如果是他，我感觉对他们而言，在离开人世间这个凄惨之地时，是希望使用红酒这种小道具的。尽管如此，我却觉得一定是上条茉莉一方提议的，没有理由。

喝干一杯，太刀洗说道：

"虽说黄磷毒性极强，但不会马上死亡，他们没有马上死。服药后约一个小时，毒性发作，第一期症状是剧烈呕吐和痉挛等，这个症状持续八个小时以上……他们很受折磨。"

我蒙了。这时，我才察觉到：

"哦，那个'救命啊'是——"

"痛苦挣扎之中，也许他们忘记了死的决心，后悔喝了毒酒。但是，恋累在手机服务圈之外。二人不能呼救，也动不了，知道无能为力了。写下'救命啊'，恐怕就是那个时候。正因为谁都救不了，所以只好写下谁都收不到的信息。

"桑冈之所以刺杀上条，或是上条求他，或是不忍心看她难受吧，这一点不清楚。但是不论如何，是桑冈刺杀了上条。"

没能轻易服毒死掉，产生了刀刺上条咽喉的必要，肯定是出乎他们意料的。桑冈的小刀并不是事先预备的，平时他就带在身上。不知因为是便宜货，还是因为桑冈最后使劲过大，小刀折断了。他失去了用同样方式死去的机会。

"于是，他自己投河了。"

我默默呷一口啤酒，无言。

对桑冈高伸和上条茉莉来说，情死应是最后的逃避。

可是，连这件事情也不顺利。他们是想在美梦中死去的吧，就连最后的愿望也遭到彻底背叛。佛陀神仙啊，管你是什么，就不能救他们一把吗？

好一会儿，我们默默夹自己的菜，喝自己的酒。这份沉默，仿佛也是献给两名高中生的默祷。

太刀洗突然开了口：

"这件事情性质改变了。"

我沉默地看着她的侧脸。

"今天早上的问题，是为何发誓一起赴死的两个人的尸体会在不同的地方被找到。而现在，问题在另一个地方。"

"是谁让上条茉莉怀孕的？"

这个理所当然会成为焦点。从明天早上起，采访单位将一窝蜂拥到住在大阪的上条的哥哥那里去吧。或者，今晚就已经挤在那里了。

但是，太刀洗立即断言：

"不是。"

对于周刊杂志的深度报道而言，谁让上条茉莉怀孕，毫无疑问是重大题材。要说"不是"，那太刀洗是盯上了别的事情。

"不是,不是的……都留先生,您知道黄磷是剧毒吗?"

我对突如其来的提问感到迷惑,答道:

"不知道。我知道红磷是制造火柴的材料,但我甚至不知道有黄磷这东西。"

"没错,黄磷不能说是著名毒药。那为什么桑冈和上条选择了它呢?他们是从哪里获得的呢?"

"这个……"

说来也的确不可思议。

我放下筷子,把想到的直说了:

"桑冈身上带刀子,这种人也许会走邪路。会不会看了相关的书或者网页?"

太刀洗望着空酒杯,说道:

"那也不会。"

"为什么?"

"他们两人知道黄磷是致命毒药。但是,他们不知道中毒症状出现缓慢且非常难受。为什么?他们是从哪里获得这样一知半解的知识?"

我答不上来。虽可辩解为"参考的网页信息不完整",但只说毒性致死,却没有任何关于症状的描述,未免太牵强附会。的确,这是问题所在。为什么是黄磷?而桑冈和上条是从哪里拿到的?

"也只能……那么看了。"

我嘀咕道,不料太刀洗转头来看着我。不知是否酒精的作用,她脸色绯红,眼神里充满智慧。

"都留先生,明天的优先事项,是接触身在大阪的上条茉莉的哥哥,这我明白。不过,作为采访协调人,请允许我提一个建议。"

采访主导权在我手上。但是,我没有针锋相对,要自己来掌握采访的方针。我开始对这位自由撰稿人有一种同一战壕战友的感觉。如果是她提议,就值得认真听。

"请说吧。"

"明天下午三点之后,请把时间空出来。我看该大结局了。我收集好信息,如果约不到采访,十二点钟之前我会联系你。"

我等她往下说,但她没再说话。

若是有用的采访,也不妨空出时间来。去大阪采访为时已晚，但无奈之下横下一条心也行。但是，要响应她的提议，她的解释无论如何太不够了。

"……您设想了什么采访呢？"

不知道这一点的话，时间不好分配。我暗示她说一下，她却无动于衷。

"明天再说吧，也可能没那么顺当。"

她又开始自斟自饮，仿佛表示今晚不再说了。

我想起在新干线列车上，老总说过对她的评价：有个性，但脑瓜子好使。

说得真好，就是这种感觉。大阪方面另想办法，我明天就赌这位沉默是金的同事了！我下了决心，一口喝干了啤酒。

七

对于报社和电视台的记者来说，一早一晚是决定胜负的时间段。

要盯住信息来源者不在单位的时间段，就必须这么干。有路上获取评论意见的；也有硬闯政治家或警方负责人住宅的。俗话说的"夜袭晨访",是采访的基本手法。但是,周刊杂志记者不大这么干。

有种种原因,主要是拿到了跟人家报社、电视台一样的消息,周刊杂志也没有用。电视台须在天黑前播出,报纸再晚也得赶上第二天早上的截稿时间。但周刊杂志有数日时间周转。早出晚归的采访,就交给重视时效速度的媒体吧,利用时间优势写出挖掘深、推敲完善的报道,是我们周刊杂志记者的自豪。

第二天早上,我从看电视开始一天的工作。置身商务酒店的单人房间里,坐在床上把各电视台的报道过一遍。果不其然,各民营电视台的新闻节目都充斥"恋累情死"。

服毒、刺杀同班女生、自己投崖的桑冈高伸是个怎样的少年?遗书上说很高兴跟高伸一起去死,尽管咽喉被刺却全身没有防御伤痕的上条茉莉是个怎样的少女?各路信息汇集,令人佩服仅仅一天时间,就收集到如此多信息。

不一会儿,我察觉到上条茉莉怀孕的消息没有报道出来。这不算意外,在早晨新闻报道的话太冷酷无情了。即便是周刊杂志,虽然期望有刺激一般读者的料,但往往不直面真正的惨事。电视台比较明显会这样做吧。但是,略去了不忍说的怀孕这个要素,各电视台也就难以对"恋累情死"追根究底了。

周刊深层报道部分的运作从上午十点钟开始。通宵加班、休息日加班、出差归来直接上班,这些在部门里是家常便饭,所以上班时间是有名无实的。不过,我还是等到这个时间才给编辑部去电话,找总编辑汇报。

"辛苦啦,看来炸开锅啦。"

"对,出现了种种情况。"

我报告了昨天的成果。汇报得到了现任老师的说法时,听见总编辑呻吟似的"嗯哼"。

"很难得啊,怎么搞到的?"

不是自己的功劳,说话气不壮。

"是太刀洗干的。她都帮我安排好了。"

"是吗……怎么样,跟她配合良好?"

"一般般吧。"

因为老总已经获悉早上的报道,所以汇报顺利。最后,他理所当然地说道:

"哦,你今天去大阪吧?"

老总当然是这样想吧。从这里开始,我得讨价还价了。

"我正想说这事,这得跟您商量:不好意思,可以派增援吗?"

"你说要增援?"

声音有点儿气势汹汹。周刊深层报道编辑部人手不足,此刻应该没有机动人员了。我明知这个情况,但既然决定赌一把,只好硬着头皮要求。

"实在派不出一个人吗?"

我咽一口唾沫。

"我得盯紧这里,有动静。因为我不能离开,可以派别人去大阪吗?我寄送资料。"

"有什么动静?抓到什么了吗?"

"是的。"

此时此刻什么都没抓住,但我要虚张声势胡扯。

"傍晚时会送出惊人的消息。"

总编辑不作声了。沉默胜于雄辩:我的虚张声势行不通。不一会儿,传来了无奈、苦笑的声音:

"我说过主导权在你手上吧,你这家伙反而被利用了,真拿你没办法。"

"噢……"

"嗯，这也是你的判断啦。明白了。好吧，我叫横田去大阪。"

横田上周连续两天干通宵。我也希望他能休息，可事到如今我怎么说得出口？

"拜托了。"

"噢，你马上寄资料来。"

我尽可能多做采访，其间时间飞逝，说好协调不顺利即来电的十二点钟到了，电话铃没有响。我继续收集信息补强细节，但没有新情况，此时已是下午三点钟。

我和太刀洗在最初碰头的中势车站会合。她肩挎一个挺大的提包，仔细看就知道不是昨天那一个。是个摄影包吧。见了面，也没寒暄，她说了句"那就走吧"，钻进了安排好的出租车里。

太刀洗眼皮底下，隐约有了黑眼圈。昨天喝酒聊到很晚之后，她还加班了？或许是今早一早起来了吧。

出租车是昨天那家公司的，但司机不同。这一位怎么看都年已七旬了，太刀洗跟他说了地址。

"劳驾去中势高中。"

"好的。"

出租车顺利启动。

太刀洗在车里一直沉默。她低着头,令人感觉到她不想说话。我想起她说的话:"大结局"。

中势高中是"恋累情死"的重要舞台,但迄今的采访都没有机会拜访这里。虽然因为昨天是周日,但即便不是,接近学校来采访,一般都有风险,而且回报不多。你一进入学校范围,马上有人报告校方;如果想询问学生,在放学路上等着足矣。但是,太刀洗不在乎,选择中势高中为采访地点,我并不感到意外。

约十分钟,出租车抵达目的地。学校大楼是奶油色的四层建筑,拥有一个东京学校难以想象的大运动场。校旗高高地迎风飘扬。

"要进里面去吧?"

司机这么一问,太刀洗才从沉思醒来似的抬起头,答道:

"哦,不用,请停在学校门前。"

高中学校的正对面,有一所小小的神社。鸟居上写着"八幡神社",域内有些晦暗,长着几棵巨大的杉树,没有人的动静。太刀洗一下车，转身就走进神社。她在石板上放下提袋打开，里面果然是照相机。数码单镜头反光相机。

太刀洗蹲下来，一边给相机装上大镜头，一边说道：

"很抱歉昨天没有充分说明。"

"哪里……"

她也知道自己的说明不充分？

她转头仰脸看着我。

"您似乎知道来这里的理由啊。"

那是高估我了，我并不明白。但是，我也有个猜想，莫非——

"是得到的途径吗——他们两人从学校得到了毒药？"

太刀洗面无笑容地点点头：

桑冈高伸和上条茉莉只是区区一名高中生，他们是怎么弄到黄磷的？这种一接触空气便燃烧的危险物质，究竟存在于什么地方？

首先想到的，是学校的理科室。今天花了一个上午调查教学中使用黄磷的例子，获悉高中会把黄磷用于同位素的观察和实验。

"因为是剧毒物质,有专门的本子登记至微克吧。"

"是这么说的。"

剩余量的管理应该很严格。尽管如此……

"尽管如此,桑冈和上条身边有黄磷存在,这是事实。有心的话,把它弄到手也并非太难吧。"

我的想法和太刀洗的话不谋而合。

响起电子铃声,我看手表:三点半。我忘记高中的时间表了,恐怕这是完成一天工作的电子铃声吧。

太刀洗预备的,是一个看似有二百毫米的望远镜头。她要拍什么远景呢……不妨换句话说,她要偷拍什么?进入这家神社,肯定也是为了藏起来。而被拍的目标,就在中势高中里头吧。

太刀洗目光仍在手上,她平静地说:

"昨天我们聊过,为什么去世的二人对黄磷的毒性一知半解?"

"对。"

"您怎么看?"

我坦率地摇摇头。

"我不知道。我只能想到,或是他们参考的书错了,或是他们了解不充分。"

"这些因素也很有可能的,但我觉得,应该还有一种可能性吧。"

太刀洗装好了长镜头,慢慢站起来。她环顾左右,像在找摄影位置,然后站到了绑注连绳的、更大的一棵杉树下。

"当有人传达部分的、错误的知识时,也会造成对毒性了解不足吧?"

"请等一等。"

我不禁喊了起来:

"这是绕圈子啊,问题就变成:怎么会有人这么一知半解呢?"

太刀洗的目光离开了照相机,看着我,轻轻摇头:

"此人是有意这么干的吧?"

"故意的?"

我追问道。不明白她这话的意思。

桑冈高伸和上条茉莉误解了黄磷的毒性。他们以为服下黄磷会轻易死去,于是喝下了毒酒,结果痛苦挣扎而死——这是有人故意造成的?

"您是说：有人教唆他们说，使用黄磷完全没有痛苦？"

她轻轻地点头。

"与其说是教唆，我觉得说'诱导'更接近。"

"岂有此理！这么干毫无……"

我欲言又止。

跟她争辩也没有用。这个案子，想要叫喊的不愉快局面多得是。每次都发作一下的话就没完没了。得仔细想想——对桑冈二人撒谎真的毫无意义吗？没有人因此得益吗？

据上条的哥哥说，上条茉莉意外怀孕了。桑冈高伸站在她一边，要求亲戚好好待她。会有人因为他们不在了而高兴吧？……然而，对这么一个人物来说，理应没有必要撒谎，以致二人服下黄磷、过度痛苦而死的。

是为了什么？

传来年轻的喧哗声。学生们拥出学校大楼的门口，隐约看得见身穿校服的学生。是社团活动开始了吧。

是为了折磨他们吗？是什么理由让此人恨极二人、以致让他们死还不满足，还要尽可能痛苦地死呢？……不，这不合常理。我不认为桑冈二人会相信有如此深仇大恨的人的话。喝下黄磷，会发生什么？三天前，二人喝下了黄磷，结果发生了什么？

二人死了。然后呢？

记者拥来中势町。其他呢？

早上新闻铺天盖地是"恋累情死"。然后呢？

二人自杀的动机引人注目，他们踏上不归路的理由不久即曝光。不，不是所有这些都是服黄磷引起的。单单是二人的死引起的。只限于服用黄磷时，引发了什么？

例如昨天的啤酒——我喝啤酒的结果，发生了什么？

……啤酒没有了，杯子空了。

空了？

"莫非是这样？"我嘀咕道，"单单只为了处理黄磷……？"

我看太刀洗的脸。几乎不动声色的脸庞，此刻微露悲痛之色。她也在考虑同样的事情？

实在是太利己的动机了，但并非不可能。不是顺理成章的吗？必须加以勘验。我说话快起来了：

"学校剩下的黄磷余量如果和原始记录的数字不一致

呢？点算备用品时，知道了黄磷有多余或者不足呢？"

不，不妨舍弃有多余的情况，只以不足做问题考虑。如果知道剧毒的黄磷由学校流失，无法想象会引起怎样的批评浪潮。

"黄磷不是随便能买回来补充的。那么怎么办呢？假装不知写个假数字也行，但长久不了。而且——对了，县里不是说了加强备用品管理吗？"

"我听说了。"

"剧毒物下落不明如果暴露的话，不知怎样的惩戒处分等待着有关的人。不过，有办法避免这次危机。如果有学生想要自杀，偷走黄磷服用而死，则黄磷应剩下多少，就永远也搞不清楚了。"

负责保管黄磷的是理科主任，他作为天文部顾问接触到桑冈和上条二人。这个人昨天由太刀洗安排跟我见过面。我说道：

"太刀洗女士，您打算从这里拍摄春桥真吗？"

听得见校园里学生们的喧哗声。风刮过神社树木，冷飕飕的。

太刀洗没有回答。

不，她没有工夫回答。她单膝着地，端起了照相机，响起了连续按下快门"咔嚓咔嚓"之声。

我望向中势高中。三个男人正并排走出另一个门口——与刚才学生们拥出的门口不同。如果其中一人是春桥，另二人是谁？我死死盯着。

八

我们搭乘来时的出租车返回商务酒店。那么说，太刀洗是住在哪里呢？

"为了让黄磷余量弄不清楚而唆使桑冈他们服用，我也同意您这个想法。"

太刀洗在车里一直沉默，下车时才这么说。我们站在陈旧的商务酒店大门前，聊了一会儿。

"不过，我之前没想到是春桥真干的。因为他是今年才当这个药品管理员的，所以即便原始记录与实物有差异，也不该追究他个人责任吧。非但如此，桑冈他们服用黄磷而死，反而让他处于极难堪的位置上。不对，让二人服用黄磷的不是春桥。"

我点头。

"我糊涂了。"

冷静想的话，我的考虑之中，解释不了为何黄磷减少了。只能笼统看作前任办事马虎、原始记录数字不实；因为这样子不清楚，就唆使自己学生服毒，实在难以想象。春桥也许性格轻佻，人却不傻，不至于如此。

必须隐瞒黄磷减少的人物，并不是管理备用品的责任人，应该有人有更强烈的动机导致黄磷减少。

"如果我刚才追问您想要拍什么，也许能察觉更多一点儿。"

我表示了不服气，太刀洗移开目光，说道：

"您问的话，我会说的。"

……刚才在八幡神社内，太刀洗拍摄了下泷诚人处于两名强壮男子控制下的照片——她大获全胜，拍下了下泷被带走的瞬间。

"太刀洗女士，您为什么在这里，我也该追问一下才是。"

她之所以在中势町，并不是采访"恋累情死"，这是一开头就知道的。太刀洗为了给月刊写深度报道，追踪给县议会议员和教育委员会寄炸弹的案子。警方在排查用于炸弹的药品时取得了进展，太刀洗是为了了解这一点来到这个镇上的。

那炸弹，实际上不是为了爆炸，而是要它开封时燃烧。

黄磷一接触空气就着火。

因为听说了这两点，她也就察觉出警方排查的药品是黄磷。

"您一边做'恋累情死'的采访协调人，同时也在追踪自己的目标——那个炸弹案子吧。"

太刀洗既没得意，也没畏缩，理所当然地回答：

"对。因为我有上顿没下顿，可能的话，以一石二鸟为目标。"

"您为何认为这两件事情相互关联？是什么让您这样想？"

"说不上有关联，"她开口道，视线垂下来一点，"二人遗体在不同地方被发现，是所有一切的开头。就在黄磷余量成为案子关键，就要大结局的时期，出现了可能是服毒自杀的人。我一直在想，如果那毒药是黄磷，那意味着什么呢？"

"不单下泷，连春桥也请了来，是因为他曾任理科主任吗？"

"也有这一点。我想了解药品库存的管理情况。只是春桥当主任是今年的事情，我的想法落空了。"

然后，太刀洗站好姿势，躬身表示歉意。

"以协助您工作的方式进行我的调查，很抱歉。"

"您完全不必有歉意，我也得到了您的大力协助。"

下泷诚人将安装了黄磷发火装置的邮包寄给了议员等人。

传说邮包所附声明书上，写了在议会里打瞌睡的议员"天诛地灭"云云，完全不靠谱。虽然警方侦查行动缓慢，但早就察觉高中学校里存有黄磷。下泷感觉到侦查的进展，迫切需要处理作为证物的黄磷吧。

我抬头看看商务酒店，回想起昨天的采访。

"……下泷，桑冈找他谈过吧。"

恐怕是桑冈想听听大人的意见，看有何办法帮身陷苦境的上条茉莉。也许像问春桥那样，也问了下泷有何轻松的死法。这对于正在寻找消灭证据方法的下泷来说，成了绝好的机会。

于是，一对少男少女在最后一刻还遭受了背叛，吃尽苦头，在笔记本一角写下"救命啊"，离开了人世。

我多少已看惯了丑恶，即便如此吃不消的事件，令我见惯不怪的一天也会到来吧。

"那我就告辞了。下泷的照片我稍后用电子邮件发给您。"

太刀洗说着，钻进了出租车。

渐行渐远的汽车后窗里，她一次也没回头。

青史留名之死

一

"早知道他会有这一天。"

桧原京介拼命把这句话咽了下去。即便在警方询问情况，或是被记者包围的时候，他都得跟一吐为快的冲动拼死搏斗。

十一月七日上午七点半左右，福冈县鸟崎市的一户民居里，发现了一具男性尸体。邻居们马上确认了，这是该屋住户、独居的田上良造的遗体。田上无职业，享年六十二岁。据估计，发现时他已去世三天左右，死因不明。可以说是衰弱而死，也可说是病死。田上瘦削，胃里空空，家里头几乎没有吃过东西的痕迹。

桧原京介是尸体的第一发现者。他念初三，面临考高中，这阵子习惯了放学后直接回家。田上良造家在他回家的路上。六日下午四点左右，他从围墙通风口窥探里面情形，发现田上倒在家里。他这样说当时的情况：

"我觉得奇怪。不过又想，也许他睡着了，我是多此一举，说错了会挨骂，就没理会了。"

今年过了秋老虎很猛的九月，十月份一直是不知长袖还是短袖合适的日子。进入十一月了，还是不见秋深天凉。老人在房间里不盖被子打盹，也难一下子认定有异常。从结果而言，京介的不作为既不值得表扬，也没受到非议。

"第二天上学途中，我又看了看。见他跟前一天同一个姿势，就喊他了，可是他没有回答。于是我就回家叫了父亲过来。"

听儿子这么说，经营着一家小印刷所的桧原孝正也跑来田上家，是他报了警。

当然，一部分人抱有疑问。桧原京介为什么想要窥看田上家呢？警方也问了这个问题。他是这样回答的：

"平时他挺精神的，因为好几天没见了，就挺在意的。

加上……我路过时，闻到一股怪味。"

田上此人生前爱给邻居惹点儿麻烦。京介说他"挺精神"，是拐了弯的说法，挺处心积虑的，不像个孩子说的话。平时风风火火的人物，突然无声无息，他就在意起来了，说来合乎情理。另外，接到报警赶来的警察，也注意到现场臭气熏人。在不像秋凉的气温之中，田上的遗体开始腐败了。遗体所在的起居室窗户开了一条缝，散发出了臭气也不奇怪。京介的说法符合情况，警方和记者们都接受。

然而，以京介自己的看法，这是假的。

至少，他不是闻到了尸臭，才窥看田上家的。他是觉得田上快死了，才窥看的。

报纸上这样报道：

"无业男性孤独死！非要六十五岁才能领养老金吗？"

偏不凑巧，其时各地连续发生独居老人孤独死的情况。东京一人、大阪二人、广岛一人，都是不为人知地死在房间里。鸟崎市的事件也被视为其中之一，在一些煽情的口号之下，与其他事件归在一起对待。

其中，死于东京的老人的日记，报道起来轰动一时。痛切地记录了社会和政府如何冷漠的日记引起了巨大反响,"区政府不帮忙,谁也不帮忙"的记述,在电视上反复播放。

未几,田上也写日记一事被报道出来。但是,日记内容不大引起注意,因为日记写得颇为晦涩,看不到感性的激愤之情。

媒体仅仅摘引了"我快要死了,但愿实现青史留名之死"一句,并附加了一句解说——他痛切地感受到自己必须面对孤独的死亡。

第一发现者京介好一阵子天天接受采访,回答同一个问题:

"你发现了田上先生,当时是怎么想的?"

每次被这样问,他都咽下了"早知道他会有这一天"这句话,为此他有一种罪恶感。到了夜晚,京介在被窝里咬紧牙关,心想,这样的日子何时到头呢?

所幸,这个苦恼没有长久持续下去。

所有新闻都会风化。当北九州市召开国际环境会议时,报道转而关注那边去了。于是,社会就完全忘记了那些无啥名堂的生生死死。

快成这样,京介更是扫兴。

二

距离发现尸体有二十天了。

那天，京介也是一放学就早早往家里走。没理由再去窥看田上家，所以也没耽搁就回自己家。前店后宅的家处于住宅街的一头，平时往来人少。低头走着走着，就闻到了熟悉的、好闻的油墨气味。

他突然看见有人站在自己前方。是一位女性。她长发、高挑个子。她身穿黑色西式短上衣、里头是纯白衬衣。本来一本正经的打扮，她却敞开着衬衣最上面的两颗纽扣，再配以牛仔裤旅游鞋，斜挎一个俗气的黑色挎包，包包颇有点厚度。

以经验得知，她是个记者，肯定是在等着自己。

京介的直觉是对的。眼前的女性跟他视线一对上，她就笔直走过来。想逃为时已晚。她略微点头致意，说道：

"抱歉打扰了。我是自由记者，名叫太刀洗万智。您是桧原京介吧？"

她的声音郑重严肃。自称姓太刀洗的记者眼睛细长清秀，目光锐利。严肃的表情甚至有点冷冷的。京介不禁移开了视线，仿佛感受到压力。

"是的。"

"太好了。我可以问您一点情况吗？"

同样的话京介已经听过数十遍了。

"是关于田上先生的吧？"

"对。"

"怎么现在还问？他们不都走掉了吗？"

"他们"说的是其他记者。京介并不是讨厌跟前的记者，他真的不明白，怎么事到如今还有人来问。不过，他察觉自己的话有点刺，不自在起来。

"嘿，随时都可以吧。"

记者苦笑道：

"事后再问，可以找出没弄明白的地方。"

"哦。"

"像我这样的自由记者，也是事后才出场的。"

京介不知道，这是否玩笑话。

"那，您要问我什么？"

曾经，所有问题扑面而来。所以，他认为重复一下某个说过的事情就行。

她的问题是这样的：

"好的。你觉得，所谓'名留青史的死'是什么意思？"

他一时语塞，好像舌头打结了。他好不容易忍住了，说道：

"噢……好像是田上先生日记里写的？"

"对。"

京介反而产生了疑问。

"您为什么会来问我这个呢？"

"似乎镇上的人都认为田上先生很烦人，不大理会他……"

她清澈的瞳仁一直盯着他的眼睛看。

"你在意他，就像你是第一发现者那样。所以，我觉得你可能留意到其他人没看见的东西。"

"哪里，我……"

他想糊弄过去，但马上察觉那是徒劳的。太刀洗完全不认为京介发现遗体是偶然之事。撒谎暴露了。而对于他而言很意外的是：太刀洗没把他撒谎当一件事情。

京介轻轻呼一口气,答道:

"我不知道,我也不是一直都在意他的。"

"是吗?"

太刀洗也没显得失望,又问了一个问题:

"这是个打比喻的问题:田上先生没有在自家大门口、附近墙壁上贴纸条之类的吗?"

听她这么问,京介便回想田上的家,然而想起来的,只是被警察或记者重重包围的印象,他怎么也想不起平时田上家的样子了。

"我……记不得了。"

"是吗?那,不好意思占用了你的时间。"

太刀洗没有纠缠,干脆地打住了。看她要转身离去的样子,京介忍不住说了话:

"哎——"

"噢?"

"您刚才的问题是怎么回事呢?或者说,您想知道什么?"

太刀洗的两个问题,都是迄今从没被问过的。太刀洗止住脚步,说道:

"当然都是关于田上良造为人的。"

"为人?"

"我在了解他是什么性格、看重什么,为什么会落得孤独死。"

京介发现自己不淡定了,觉得反感:眼前的女人要找出死去男人的毛病,变成钱。他心想,不能跟她打交道。

可随即他又涌现一个疑问:真是这样吗?这个自称姓"太刀洗"的记者没有猥琐的模样,也没有善变、死皮赖脸的感觉。京介不明白:或者是她把这些都掩饰在若无其事的姿态背后?

他心中冒出一个念头:要去掉一直堵在自己心头的疙瘩,不正需要知道她所说的事情吗?要抹去不能对人言的罪恶感,只能去了解田上良造是怎样一个人吧?京介不了解田上。虽然从生下来就住在附近,但只知道田上是个有点烦人的老头。

如果多知道一点儿他的情况,也许自己能咽下他的死这件事,不再提了。

京介感觉如鲠在喉,问道:

"对了……那些,要报道出来吗?"

京介想说：要是报道出来，很想读一下。但是，这话似乎触到了太刀洗的痛处。

"哦……可能吧。"

太刀洗的说法有些暧昧。

"可能不会报道？"

"我也不希望是这样的。"

"假如不能报道，是因为我没有回答问题吗？"

太刀洗摇头：

"这个倒不相关。我基本上采访完毕了，剩余的就是问问约好的人而已。"

"您还打算问谁？"

"田上先生的儿子。"

"那个人有儿子啊……"

田上良造一直一个人住，京介不知道他有孩子。

"噢，叫田上宇助。我知道他住在市内，可他之前一直不肯接受采访。好不容易才谈妥了，今晚见面。采访也就到此为止了……是否登杂志，是另一件事情了。"

听了这话，京介不禁冲口而出：

"带上我——可以吗？"

"你?"

太刀洗颇感意外地问道,她轻轻皱了一下眉头。

在京介而言,他对自己说出这样的话也很意外。可一旦说出了口,他就感觉见田上的儿子成了自己的义务似的。他再次请求道:

"恳求您了。"

"你见了他,要做什么呢?"

"我也想知道田上先生是个怎样的人……而且,虽然我说了无数次他是怎么去世的,但还没跟他的家人说过。"

太刀洗眯起她细长的眼睛,定定注视着京介。京介觉得,她似乎正在掂量:好不容易可以采访之前拒不见媒体的人,却要带上一个所谓有关的初中生,合适吗?会因为带上一个毛躁的孩子而坏了事情吗?

过了一会儿,她稍微改变说法,说道:

"这不会是个很愉快的经历。如果你不想弄个不开心,还是放弃比较好。"

"您说会'不开心',为什么呢?"

"你也被记者们包围过了吧?你会喜欢上记者?"

京介回答不了。

被采访了许多,却没有留下一个好印象。

并不是因为记者们直接骚扰了他。但要问喜欢记者吗,却无法赞同。太刀洗仿佛看透了他的心思,说道:

"即便人家讨厌你,你也得上,这是工作的一部分。不过,我不会劝你。你怎么定?"

京介并不是被人家讨厌也无所谓的人,但与此同时,他也从没被大人讨厌过。尽管太刀洗的忠告他还不能作为一个现实的事情来理解,但他嘴上却已经答应了。

"我要去。恳求您了。"

太刀洗轻轻叹口气,不再劝止他。

"我约了人家六点钟,行吗?"

"行。"

"五点半的时候,你来这里,我开车去。还有……"

她打开挎包拉链,拿出一个半透明文件夹,递给京介。

"这是本地报纸刊登的、田上先生的投稿。没有多复印,所以事后一定要还给我。"

然后,太刀洗又叮嘱了一句"五点半啊",便快步离去了。

三

去见田上的儿子，京介无需做什么准备工作。

衣服嘛，校服就行了。京介进了自己房间，他脱下运动上衣，坐到桌前。太刀洗给的半透明文件夹里，有报纸的复印件。角落处用红色圆珠笔写着昨天的日期："《鸟崎新闻》，十一月二十六日，鸟崎市立图书馆。"笔迹潦草。

复印件全都用心写上了报纸的日期。京介也见过《鸟崎新闻》报。医院候诊室或图书馆里有，只是他没有翻阅过，也不知道这份报纸有个读者来信栏目《发现广场》。

该稍缓的"请稍缓"

前公司董事　田上良造（61）

读了四月一日本栏目的《市政府改建请稍缓》。在财政状况紧迫之际，应还有更急于列入预算的地方，这个意见也言之成理。然而，窃以为市政府改建此事，正是当务之急。

目前，市政府的老朽化越来越严重，不难想象其在业务执行中的不便之处吧。但仅此而已的话，我也会说"请稍缓"吧。问题是，作为鸟崎市中枢的设施可以如此寒碜吗？其他城市来的人看见这样的市政府，会认为鸟崎市是个好地方吗？只觉得这是个连刷一下墙壁都做不到的穷市吧？只会嘴巴上喊"节约"，有目光短浅之嫌。

对"热情招呼万能"的疑问
前公司董事　田上良造（61）

读了六月十七日本报的《推广"热情招呼"运动》。我不认为这是件坏事，但也不觉得像报道中写的那么好。照那种写法，孩子们只需要互相热情打招呼，地区社会就会复苏，商店街也会振兴，进一步说，连鸟崎市也会繁荣昌盛起来了？

的确，有必要教孩子们懂礼仪。见了早晚都遇上的熟悉面孔，连点头打招呼都省了，这样的态度，简单一句"冷冰冰"之类的话，还说不到点子上。这是没礼貌。然而，也不是对谁都猛打招呼就好。坏人就是表面上假殷勤、主动搭讪的。我不能认同"打了招呼的人就是好人"这样单纯的价值观，为此而大花税金更是愚不可及。

就是应该"垃圾分类"

前公司董事　田上良造（62）

读了二月四日本栏的《"分类"真有效吗？》，文章对分了类的垃圾是否被有效地循环利用表示怀疑。要我说的话，这是误解了"规则"的意见。彻底实施了垃圾分类，将之循环利用的过程就会显示出来。这才是做事的方法。

文章说，垃圾分二十四类太多了，真正关乎市民生活的也就四五种吧。作者以其生意眼来看，不满意强制每天须作种种垃圾分类。可反过来想的话，就应该觉得，是迄今太方便了。对定下来的事情一一提出反对意见，不得不说，这是小孩子所为，全因理解错了"自由"的含义。

田上良造的投稿是这三篇。不过还有一页"发现广场"栏的复印件。这上面看不到田上的署名，但来稿中的一篇用红笔圈了起来。京介把这篇也读了。

灵活利用"名牌产品"

无业　佐佐木直也（66）

在整个日本都处于不景气的时候，感觉这阵子鸟崎市也没有活力了。假如没有令人眼前一亮的东西，以增强鸟崎市的存在感，那么在北九州市里头，鸟崎的名字就湮没无闻了。有什么东西能宣传"鸟崎"呢？在每年的物产展览会上都尝试推新东西，但都不起眼，这恐怕是实情吧。

我提一下自己的一个经历：我退休前曾任某水产公司的总经理，接到过市内某拉面店的有趣的订单，说想尝试把米糠酱煮沙丁鱼用于拉面。这样做出来的拉面颇具独特风味。我并非要求全市共推这道菜，这样做未免过于自吹自擂。我举这个例子，说明只要解放思想好好寻找，就应该能发掘出新的"鸟崎名产"。

京介不喜欢米糠酱煮沙丁鱼。而且，也没有听说过米糠酱煮沙丁鱼是鸟崎市的名产。

为什么圈起这条消息呢？京介一边回想那位姓"太刀洗"的记者若无其事的神态，一边嘟哝道：

"她想尝尝吧？"

可又觉得不太像。

四

随着时间接近五点半，京介内心越发有一种漠然的不安。他没试过主动去见陌生的大人。迄今接触过的大人，不是亲戚、老师，就是商店售货员。虽然跟太刀洗一起去可以放心一点，但仔细想想，那位太刀洗也只是路上相遇、说了几句话而已，不知道是否可靠。

他心想，自己溜掉的话，人家也不会责怪吧。不过，他还是五点半出现在约定的地方。几乎没等，一辆小巴就开了过来。太刀洗坐在驾驶座上。

"让你久等了，上车吧。"

京介上了车，小巴缓缓驶出。

车内很单调，没有任何装饰。后排座上扔着她的挎包。

"这是您的车子吗？"

太刀洗面朝前方，回答道：

"租来的。"

车子驶出住宅区，进入干道。正值傍晚，交通量大。

附近道路对京介来说很熟，但似乎对太刀洗而言则不然。每逢有路标，她就会左看右看。

不过看来太刀洗是心中有数的，遇红灯停下时，太刀洗问道：

"你读了报纸报道了吗？"

"哦——我读了。"

"你觉得怎么样，能告诉我吗？"

京介因紧张而口干，他咽一口唾沫，谨慎地答道：

"他那么攻击性的写法，人家也会刊登啊。"

京介不是想开玩笑的，不过太刀洗语气和缓了。

"由此可以考虑到的是……"

"《发现现场》这栏目缺稿子。"

"分析挺恰当嘛。其他呢？"

"我先问一句：田上先生投的稿子，全部就是那三篇吗？"

交通灯转为绿色，小巴跟着前面的车子开动。

"不能保证是。我查的是近两年的情况，而且有可能他投稿了，但人家没刊登出来。"

"嗯，确实会。那就先算这三篇是全部吧……我觉得，的确像是他会写的东西。"

京介回想起生前身体还好时的田上良造。京介跟他没说过话,只是时不时在小区的路上见他训人。摆垃圾的方法啦,送快件的临时停车啦,牵狗散步啦之类的,对于田上良造而言,所有一切都会引发他的无名火。

否则,就只能看到他无依无靠徘徊在附近的身影。

"三篇报道,都是反驳之前刊出的报道或者读者来信。反驳,或者挑剔吧。我怀疑,这些真是田上先生想说的事情吗?我觉得,如果让他写出自己的看法,而不是反驳他人,也许他什么都写不出来——我是不是说过了?"

"没有啊,"太刀洗嘟哝一句,"桧原君,你是初中生吧?初三?"

"对。"

"挺行啊。"

太刀洗说着,露出了微笑。

她没在意不禁低下了头的京介,接着说道:

"我也在考虑同样的事情。为了慎重起见,还找出了田上先生所反驳的报道或来稿看。不过,都感觉没啥问题,没什么值得非议的。对这样的报道发表明显攻击性的意见,感觉挺危险的。我的报道可能登不出来的理由，从这个角度说，你明白了吧？"

"啊？"京介突然被说起，转不过弯来，"我不明白——这是怎么回事呢？"

太刀洗淡淡地说：

"照直写的话，就会变成说已故的田上先生的坏话。"

京介沉默了。小巴继续开，穿过了鸟崎市的闹市区。京介突然察觉自己不知道目的地。

不一会儿，他说话了：

"不过，也有人要读这种报道吧。"

"……"

"刚才，您问过我，是不是喜欢上记者了。且不说喜不喜欢，我因为发现尸体接受采访，什么好事也没有。

"我上电视了，虽然只是脖子以下。于是，不得了了。有人查出我住哪里、是什么人，打电话过来说：你是发现尸体的人吧？是个女人打的。她很大声地吼我：'你为什么不救他？杀人犯！'

"在学校也很闹心。说是发现尸体，也就看了两眼而已。可班上同学无数次要我说清楚，尸体究竟是怎么回事。

我还被老师叫去臭骂一通，说：考试前的重要时刻，怎么能胡思乱想？我想他可能也不明白，为什么拿我出气？"

太刀洗默默听着。她手握方向盘，目视前方。

"不过，也不能一直吵下去。所以，需要一个结论。在东京，有一个老爷爷去世了，他的日记到处都刊登了吧？就是写了'区政府冷冰冰'的日记。那就算结论吧。于是大家会说：'啊，原来是区政府冷冰冰造成的。'大家接受了，事情也就结束了。

"如果您把田上先生写成坏人，那也会成为一个结论吧。'哦，原来那是个坏人，怪不得临终那么惨。'许多人也因此而轻松愉快了吧？"

这是京介一直在考虑的事情。自己目睹的是什么呢？自己所说的是什么呢？他一直在想，自己说的话，是怎么让田上良造的孤独死变质的呢？

天色暗下来，太刀洗打开车头灯。

"是啊，"她说道，"需要的吧。人们总是需要结论，就像你说的那样。"

太刀洗的侧脸没有呈现任何表情，京介的话没有让她激动。他觉得不好意思，自己说得太多了。

太刀洗接下来的话很沉稳，让他略感意外：

"所以，你觉得有另外的结论，对吧？"

"……对。"

他很顺利就回答了。

太刀洗一只手离开方向盘，伸入西服内袋摸东西。她取出一张照片，递给京介。

"发现田上先生遗体时，在他桌子上有这个东西。因为是尚未被报道的东西，不能借出。"

"这样的东西我能看吗？"

"不是需要保密的意思，只是还没人发现它的新闻价值而已啦。"

照片拍的是一张明信片。

像是杂志夹送的读者意见反馈的明信片。最上方的《历史个人》，应是杂志名称吧。字很小，难以看清。应是明信片背面吧，没有贴邮票的地方。在昏暗的车子里，京介睁大了眼睛看。

意见反馈栏里，几乎没有需要写字回答的项目。住址、姓名栏在明信片正面吧。是在几个选项中，挑符合的画圈的方式。

历史个人　第二十二号　读者问卷调查

性别

① 男性

2 女性

年龄

1 十九岁以下

2 二十至三十岁

3 三十至四十岁

4 四十至五十岁

5 五十至六十岁

⑥ 六十至七十岁

7 七十岁以上

职业

1 小学、初中学生

2 高中生

3 大学生、专科学校学生

4 公司职员

5 公务员

6 私营业主

⑦ 无职业

8 其他

关于本杂志定价的意见

① 贵

2 适当

3 便宜

您在什么地方购买到本杂志?

1 附近的书店

2 上班、上学途中的书店

3 网上选购

④ 定期购读

5 其他

您经常购买本杂志吗?

① 经常购买

2 对题目感兴趣时购买

3 本次是第一次购买

请提出宝贵意见

(   )

请写下两个希望获得的赠品号码

第一希望获得的赠品【 2 】

第二希望获得的赠品【 6 】

太刀洗开车并不颠,但一直盯着小字看会有点晕车的感觉,京介移开视线,他问道:

"请问,这个有什么用吗?"

"它也许是田上先生最后写的东西。"

京介的目光再次落在照片上。

"……哦,原来他喜欢历史。"

京介不知道《历史个人》这本杂志。不过,他能想象田上在那间起居室里,坐在桌子前面,将读者调查的明信片从杂志上剪下来的样子。仔细看的话,可以看出明信片的边沿没有对准剪开的虚线,歪歪扭扭。

太刀洗说道:

"《历史个人》二十二期发售的日子,是本月的四日。据说田上先生定期购读这本杂志,是让附近书店送上门的。特集是《新说:戊辰战争》。赠品的二号和六号是什么,我还没查。"

四周已暗下来。小巴放慢了速度,开进了路边的家庭餐馆。餐馆窗玻璃透出光亮,停车场车子很少。

太刀洗熄掉发动机,这才抬头看京介。

"下车吧,就这里。"

五

田上宇助一个人占了一张大桌子,桌子之大够一家人用。桌上放着扎啤和炸鸡,扎啤差不多喝完了。宇助脸色通红,眼神也已经散乱。他头发油亮,下巴多肉、粗壮,两颊长着邋遢胡子。太刀洗走近时,宇助扬手喊起来:

"嗨,这边!我先开动啦。"

太刀洗远远地低一下头，说道：

"百忙之中占用您的时间，非常感谢。"

宇助伸手拿扎啤，咧着嘴笑。

"嘿，百忙？很讽刺吧？咳，无所谓啦。小气的大姐呀，您这么小气，这里的消费没问题吧？"

"没问题。"

"听您这么说我就放心啦。因为还有下一场嘛。"

他说着，咕嘟一口喝下啤酒。他喝干了扎啤，目光转向站在太刀洗身后的京介。

"他是谁？"

"他呀——"太刀洗回头向京介招手。此时，京介有点出了神。他原想田上宇助会像父亲良造吧？田上良造小个子，总是皱着眉头，最后如枯木般干瘦而死。他的面容，从田上宇助身上完全看不到。京介好一阵子不明白自己见宇助第一面的印象，在目光相遇之后才明白，是憎恶。

"桧原君。"

一声招呼让他回过神来。他硬着头皮上前半步，说道：

"初次见面，您好。我叫桧原，您是那个……是田上良造先生的那个……"

"没错,我是他儿子。嘿,你这是咋回事?穿着校服,社会实践课啊?"

宇助转向太刀洗,刻意地皱起了眉头。

"没听说有你的事啊。"

然而,太刀洗不在意地回应:

"他呀,是第一发现者。"

"嗯?什么的?"

"最早发现田上良造遗体的,就是他。"

宇助双目圆睁瞪着京介。

"……哦,是你么?"

宇助探出半个身子,嘴巴里透出熏人的酒气。他突然对畏畏缩缩的京介发作起来:

"嘿,你来干什么?打算索要礼金吗?你小子想得美,谁要感谢你?"

京介咬紧牙关,他不明白宇助在说什么。宇助胖乎乎的身子看起来像个庞然大物。

太刀洗说话了:

"哪里。他惦记着还没跟遗属报告田上良造先生最后的情况。您当他是吊唁的吧?"

"吊唁？想骗我啊？吊唁的话，往白信封里塞了钱交过来。你小子连这点都不知道吗？"

"他还是个初中生，您原谅他吧。"

"哼……臭小子……"

宇助发泄完，两眼惺忪。他用手抓起一块炸鸡，蘸满了色拉酱，往嘴里送。面无表情的店员送了一扎啤酒过来。太刀洗趁这机会落座，京介仍站着，他讨厌坐在宇助的正对面。他心想，自己怎么会来这种地方呢？于是太刀洗的警告复苏了：这可不会是感觉好的经历。

宇助大声喊放下啤酒要离开的店员：

"喂，再来香肠，铁板烧的！"

"好，明白了。"

宇助要伸手去拿新的扎啤。太刀洗不失时机地开了口：

"田上先生，我想请教的是，关于已故良造先生的事情。"

"噢噢，没错。"

宇助松开抓扎啤的手，一边手肘支在桌子上。

"……要问什么就说吧。我很忙，赶紧吧。"

"良造先生是怎样的一个人呢？"

宇助顿时笑容满面。他坦露出肚子，仰靠在椅背上，仿佛笑着说"太无聊了"!

"是问这个啊!"

然后他猛地摆出一副认真的表情。

"这么说吧，记者女士，我这人呢，是个窝囊废。可是呢，还不至于像他那么不可救药。"

"您说'不可救药'，是什么意思？"

"他有病。就是除自己之外，觉得谁都是废物的病!"

宇助的表情带着异样的亢奋。

"你们早查过了吧，咱家从爷爷那代起就是园艺师。因为老爸是老二，所以当不了社长，是个专务。说是管会计事务，听起来不错，但他对园艺一无所知。他连庭园植物都分辨不了，却瞧不起工匠。就这样他还对我说：你要做个正经人!

"不幸我脑子不好使，不过我还是找了份工作，做木匠。我受到表扬，说我有悟性。但我老爸不喜欢，说那种事情不是正经工作。我的朋友继承家业务农，他也说那不是正经工作。我的堂兄弟进了鸟崎市市政府，当公务员啦。你知道我老爸怎么说？他说公务员就是偷税金的小偷，不是正经工作。

"你明白了吧？对于我老爸来说，所谓正经的工作，就是园艺公司的管账工作。我看他都没拿过剪子，甚至有没有记过账本都有疑问。而干这种事的人，就是正经人。"

宇助伸手拿过啤酒，咕嘟咕嘟喝下去。不过，发音却反而清晰起来了。他斜眼看着太刀洗，继续说：

"我工作的装修公司破产了，委托人跑路了，拿不到钱。太过分了，根本就是欺诈。我们社长上吊了，他是个好人啊，从来没见过这样的好人。可在我老爸眼里，这种事情无所谓的。他在乎的是公司倒闭，我没工作了。他一见我就说：'没工作的人就是废物。'可我是有工作的呀。我一边找木匠的工作，一边没日没夜干着保安或者清洁工……可是啊，记者先生，就算我真的没工作，又如何呢？

"为什么他要这样说我？我老妈、弟弟，照他的说法都是废物。我老婆、孩子，也都是。甚至死了的社长，他也说是'没出息的废物'。可他自己怎么样呢？我听说过他在公司里的评价：不干事、不发表任何意见，也不承担责任。只因为他是上一代老板的次子，就白吃饭直到退休。

"您明白吗？他有病，已经病入膏肓。所以谁也不理他，公司方面也没联系。临终也没人理，孤独死去。好事一桩，真的是好事一桩。否则，这还成世界么……"

到最后，他喃喃自语，低下了头。亢奋消退了。

"我说完了。这样子行了吗？"

京介仿佛被宇助的激昂镇住了，一片茫然。但是，太刀洗仍然冷静，她用沉着的声音问道：

"那，您最近没去见过良造先生？"

宇助语带含混地说：

"我去过。"

"是十一月三日吧。"

"您很清楚嘛。那天是老妈的忌辰，是七周年忌辰。就这种时候见面而已。"

他发泄道。

"可是，也没见面，彼此都不想看见对方。隔着拉门说话，拜完佛坛马上就走。跟对警方说的那样。"

"明白了，非常感谢。"

太刀洗说着，从上衣内袋掏出一个信封。宇助眼神为之一变。

"喂,是什么东西?该给的得给吧?"

"不是的,这些纯粹是餐费。些许而已。"

太刀洗把信封放在桌面上,推给宇助。宇助一把抢过去,手指伸入信封里面。

他的表情眼看着变得沮丧起来。

"……哦。咳,算啦。"

"说来不好意思,我也只是个自由撰稿人,得付各种税金。"

太刀洗从挎包取出一张纸片和一支圆珠笔。

"只要写上收款签名和日期就行,有劳啦。"

"这点钱还要收据?哈,到处都不景气啊——今天几号?"

"十一月二十六号。"

宇助绷着脸,挥笔签字。一拿到收据,太刀洗就站了起来,说道:

"非常感谢,您的话很值得参考。"

然而,宇助并没有回应。店员从旁走过时,他抬起头,吼叫般喊道:"喂!香肠还要等到什么时候!?"

六

返程的车上,太刀洗说道:

"那个人向采访记者索取报酬呢,说'要我说话,多少得封个红包'。谁也不干。所以,我一开头就知道他不高兴。"

"他竟然醉成那样子啊。"

"我也有点儿吃惊。你见了他,什么感觉?"

京介直率地回答了:

"……挺害怕的。"

当然,田上宇助的醉态也好,蛮横的吼声也好,都让他害怕。然而,真正让京介害怕的,是宇助骂父亲的那种疯狂劲头。

即使他没说出口,太刀洗也察觉到了。

"他的话不都是对的。至少,关于良造在田上造园的姿态,我还听到别的说法。虽然不大干活是真的,但也有人说,这是忌讳当社长的哥哥。也有人说,在公司里没人理他、不给他活儿,每天灰溜溜的。"

"哪个说的对呢?"

"难说。"

含糊的回答,不大感兴趣似的。

小巴沿来路返回,这一带的夜晚车子甚少。二人一沉默,车内便听得见轻微的发动机声音。

京介耐不住沉默,问道:

"这样子能写出报道了吗?"

"嗯。"

"会是怎样的报道?"

稍停,太刀洗嘟哝道:

"什么是'青史留名之死'?"

这是田上良造日记上的话。京介回想起见到太刀洗时的情景。她第一个问题是:"你觉得,'青史留名之死'是什么意思呢?"

"所谓'青史留名之死',是指什么呢?"

京介这样问了,但期待没有答案。

他的期待落空了。太刀洗作出了回答:

"是带着某个头衔而死。"

"头衔……?"

"人死之后，不被人说成'无业'。"

京介口中漏出一个："啊！"

"你看了《鸟崎新闻》的来稿栏了吧。在那篇报道上，田上良造的头衔是'前公司董事'。我看到这说法，觉得怪怪的。退休离开公司的人，一般头衔就是'无业'了。至少，这个'前公司董事'并不是职业的名称。

"或者说，在《鸟崎新闻》报这里，刊出退休者原职务也许是惯例？然而又不是。我给你的报道都读了吧？"

京介无言地点头，想起其中一篇报道。投稿谈及将米糠煮的沙丁鱼用于拉面的人，应是前水产公司的社长。

"在前社长的来稿上，并没有带上'前社长'的头衔，就是'无业'而已。这样看来，也许'前公司董事'这头衔，正是田上良造所期望的。我想，也许他在乎这个吧。刚才采访田上宇助，也从旁充分证明了这一点吧。

"不过，即便采用自报头衔的方式令《鸟崎新闻》刊出了，自己死后会是怎样呢？正值独居老人死讯不断，引起社会热议之际，他认为自己的死被报道的可能性颇高。到那时，既然离世时是退休状态，则无论自己如何执着于前公司董事，也会被写成'无业'吧。田上先生害怕这一点。"

太刀洗的侧脸被路灯一晃照亮,马上又变暗。京介一直盯着这个侧脸,心想:她到底知道多少呢?

这一来,京介想起了,太刀洗给他的不仅仅是《鸟崎新闻》。

"那,那张读者问卷调查呢?在《历史个人》的问卷调查里头,好像是圈了'无业'这一项的。"

"对呀。"

"假如田上先生真的在乎头衔,在没那么较真的问卷调查上,他是不会圈'无业'这一项的。"

"我也这么想。"

京介思考起来。太刀洗肯定察觉到这一点了。正因为察觉到了,她才会带上这张问卷调查明信片的。那张明信片的特征是什么?

没多久,他想到了一个可怕的可能性。

"说不定……那张问卷调查,并不是田上先生写的?"

红色交通灯亮起,小巴停住了。太刀洗从上衣内袋再次拿出问卷调查明信片的照片。

"我想过这种可能性。"

问卷调查明信片几乎不需要动手写字，令人感觉即使是别人代写，也弄不清楚。然而，还是有看得出笔迹的地方。在"希望得到的读者赠品"栏里，写下了两个数字："2"和"6"。

"我早知田上良造是孤独生活的。我断定找过他的，只有他儿子宇助。所以呢，我想了点办法。"

她又拿出一张纸片。是刚才在餐厅时，宇助签名的收据。

"啊……我刚才以为您弄错了呢，今天是二十七号呀。"

"原想有了'2'就行，他一问日期，我就冲口而出了。"

纸上写着 11 月 26 日。

问卷调查明信片的数字："2"和"6"。收据上写的"2"和"6"。

"搞不懂，"京介嘟哝道，"——很像！一模一样的！"

交通灯转绿色，小巴启动的惯性，意外有力地把京介按在座位上。

"这是怎么回事！？"

声音变了调。然而，太刀洗仿佛只管设套、下套，对结果不太感兴趣。她直白地说：

"填写《历史个人》的问卷调查明信片的，恐怕是宇助。也就是说，那时候良造已经去世了吧。"

"您说的'那时候'是……"

"十一月四日以后。比《历史个人》二十二期发售之日迟。"

"宇助在三号去了父亲家——不至于吧！"

京介发出一声惊呼。良造三号死了，宇助却使之看起来是四号死的，他放下一张问卷调查的明信片。宇助憎恨良造。

然而，太刀洗简短说道：

"不是的，"她轻轻叹一口气，"假如认为宇助杀了良造，那就不同了。三号晚上，基本上可以肯定，良造处于危笃状态。从警方的调查可知，良造没吃过任何东西。很难想象，要特地杀掉一个随时要死掉的人。"

"那，这张明信片呢？"

"只是，也没去救他。"

京介屏住气息。

"在三号的时间点上，良造已经好几天没吃东西了。上门来的宇助，理应采取措施的。做点东西给他吃，来做法事的话放上带来的供品吧。老人虚弱到咽不下食物时，联系急救车。然而，宇助置之不理。

"宇助公开说三号去了父亲家。所以，良造的死不是四号以后的话，就麻烦了。宇助可能又上门一次，去看看情况如何了吧。于是，他看见送到的《历史个人》，就搞了点儿小伎俩。"

"那样子，算是杀人吗？"

"不算。"

太刀洗若无其事地说道：

"是责任者遗弃致死啦。警方也接触过宇助，不过……因为北九州市召开国际会议，警方也很忙吧。好像还顾不上。"

七

太刀洗似乎没打算送京介到家，她停下小巴的地方，是二人第一次见面的街口。

"好，下车吧。"

即便太刀洗开口催促，京介也没有离开副驾驶座位的意思。

"你怎么啦？"

该不该问，他一直拿不定主意。

京介是遗体的第一发现者。然而，那不是偶然的。因为他觉得田上良造差不多也该辞世了吧。但是，他对谁也说不出"迟早会这样子"的话。因为他害怕。

现在，京介触摸到田上良造人生的一头了。然而，仅仅靠这些，还不能完全消除京介的恐惧。他有一件事情怎么也不能释怀——为什么太刀洗要给自己看那些新闻报道，看那张现场照片，又让自己见田上宇助呢？

不问也罢。他预感到，时间流逝，一切都会过去，变得无足轻重。

然而，他今天见到了憎恨父亲的儿子。此刻不打破沉默的话，自己也可能变成那样。京介到最后还在犹豫不决，而太刀洗静静等待着京介的决断。

不一会儿，京介缓缓地问道：

"您能告诉我吗？您察觉田上先生害怕'无业'的契机，真的只是报纸的投稿栏吗？"

果然不出所料，太刀洗慢慢摇了摇头。

"不是的，是因为有证言。"

"您果然是听到了。"

"对。在你上学期间，我过去了，打算问问通报人。"

"我爸说了吗？"

"都说了。"

田上良造生前拜访过经营印刷所的京介家。当时，他用沙哑的声音这样说道：

"您雇佣我吧。不用给钱，给我一个头衔就行。我马上就活到头了。可就这个样子的话，我就是无业的死。我讨厌这样。别让老头丢脸吧。如果您有良心，好歹给我一个名留青史的死。"

京介的父亲桧原孝正断然拒绝了这个恳求。

"别说蠢话，回家去吧。"

田上身子干巴，脸颊消瘦，呼气中混杂着令人不安的气息。他身上完全没有给邻居找麻烦的、烦人的老头的印象。

"我觉得爸爸太冷漠。田上先生的确曾是麻烦人物。不过，一个那么虚弱的人苦苦恳求的话，本应答应人家的。

我们吵了架，但爸爸没听我的。"

"于是，你上学放学时，就留意田上家的动静了吧。"

京介点点头。

"我……知道他要死了。拿点儿吃的给他，我还是能做到的，可我什么都没做。如果说宇助先生有罪，那我也是。"

突然间，太刀洗大喊一声："不对！"

声音之大，吓了京介一跳。太刀洗面对面盯着京介，恳切地说：

"你不知道的。你是医生吗？不是，对吧？你不可能见了他一面，就知道他不久于人世。你有办法知道田上虚弱得吃不了东西吗？即便知道，你真的做得到每天送食物给一个不相干的人吗？"

从道理上说，京介心里明白。然而，京介无法撇得清。他脑子里摆脱不了一个念头：当时接受了田上的请求就好了。

"你好好想一想：如果接受了田上的要求会变成怎样？那就会变成：桧原印刷所的在职员工不吃东西而死。那是不可能的，对吧？京介君，抬起头来！"

不知不觉中低下的头，因为这句话抬了起来。

"你爸爸很担心你。田上先生提出了别人实在不可能接受的要求,只能看作他在恐惧之下精神错乱了。你爸爸觉得,不管怎么说,他的判断都是对的。可是儿子你,一直没能摆脱田上先生最后的话。你还是个孩子,还没学会割舍。

"京介君,希望不负别人所托的心情,是很重要的。你善良,富于同情心。不过,田上先生的恳求是不正常的。我觉得,甚至可以说,他想要利用别人的善意。你不能一直被他的话捆绑着。忘了吧,只能忘掉!"

不知何时起,京介开始流泪。

"不可能。我忘不掉。"

田上良造临终一幕,对于桧原京介而言,成了名留青史之死。太刀洗脸上,仅仅一瞬之间流露出绝望的悲哀之情。

那表情随即消逝,变回了初见她时的、冷静的面孔。

"既然这样,那我给你一个结论,你好好听着,记住了——"

她声音很低,却有着直抵灵魂的力度:

"因为田上良造是坏人,所以他不得好死。"

关于丢失小刀的回忆

一

曾听说日本的夏天是不正常的,好几回都不得不点头认同。从空调凉得近乎冷的列车下来,潮湿的热气便扑面而来。几乎透不过气了,时间上只是早晨而已。在成田机场头一次接触这样的空气时,我实在很烦:接下来的十天里,我都得忍受这样的气候吗?现在我挺习惯了,人什么都能习惯。

跟东京站比起来,浜仓站是个乡下小站。不过,这样比是不对的吧。即便是对地理没有兴趣的孩子,也都知道东京,而浜仓市的大小,跟波德戈里察(黑山共和国)不相上下。不，一个来日本前一无所知的城市，竟然跟一国的首都拥有同等程度的人口，应该挺意外的吧？

不多的乘客往站外走，在钢筋混凝土台阶先上再下。未几我就看见了阳光猛烈的出口，随即停下步子。我见左右都有检票口，便从衬衣胸兜里掏出纸条。虽然我对自己的记忆力是有自信的，但头一次前往异国他乡见陌生人，心里还是挺忐忑的。

8:00　滨仓站南口　太刀洗乃智

我四下张望，寻找哪边是南的指示。绿色的向导牌随即映入眼帘，上面有几国文字写的答案，亲切周到。

我出了站，在日光下眯缝着眼睛，不禁叹起气来。站前的景色，跟东京的哪般景色都对不上。东京是大屏幕和华丽的人群，但平板的白色建筑物或嵌玻璃的大厦全都无表情，街上没有从容不迫的感觉。路边树木非常多，但那绿色与其说予人放松的感觉，毋宁是一种强迫印象：绿色是必要的！然而这里很不一样。眼中所见的建筑物，表面都覆以红砖、黄色瓷片或者褐色涂料，行人道是醒目的白色，等待开出的巴士涂成红蓝相间，十分显眼。感觉我来到日本，这是第一次被色彩包围。

看看手表。

马上就到八点二十分了。预告是八点，所以算是准点抵达了。我心想，说不定对方先到了，于是看了一遍站前广场。这个时期，日本进入了夏季长假期了。看得见好几伙数人一起、带大行李旅客模样的人。还有在阴凉处休息的老人，和搭乘出租车的公干的人。但是，不见我要找的人。

我来早了一点？我想着，往手表再看一眼时，一个安稳的声音低低对我说：

"您是伊万诺维奇先生吗？"

我一看，眼前站着一位年轻女性，她身材苗条，比一般日本女性个子高。她黑发披肩，戴一副看得见眼睛的浅色太阳镜。短袖衬衣是普通的白色，褪色的牛仔裤也不觉得是名牌货。她肤色近似太阳镜的颜色，有点日晒的感觉。

我马上明白了。

"您是TACHIARAI（太刀洗）女士的助理吗？她在哪里？"

然而，这位女性摘下太阳镜，用发音略有瑕疵，但挺

流畅的英语跟我说:

"不,我不是助理,我就是太刀洗。"

"不会吧。"

我笑了:我等的人应该一把年纪了。然而,这位女性扭过头,从挎包取出了名片。上面写着"太刀洗万智",我当然是读底下的罗马字。

"MACHI·TACHIARAI(万智·太刀洗)……那么说,您真的是——"

"没错,是的。欢迎您来日本,伊万诺维奇先生。抱歉要您出一趟远门。"

"不用客气。"

我这么回应时,也许流露出我的困惑吧,自称"太刀洗"的女性皱起眉头,问我:

"您有什么疑问吗?"

"不……"

我不禁上下打量起她来。然后,我移开视线,说道:

"不好意思,您看起来太年轻了,我还是有点儿难以置信您就是太刀洗女士。"

太刀洗浮现一丝苦笑:

"原来是这样啊。我年轻时,人家只会多算我年龄,从来就没有少算过……"

是东方人看不出年龄,还是她是其中的特例?我禁不住那么想。

"我妹妹说过,您很以自己的长发为荣。"

"是的,那已经是十五年前的事情啦。"

她有点刻意地看一眼手表。

"噢,伊万诺维奇先生,按照电子邮件上的安排,我们的时间有点儿紧。等工作完了之后,我们来好好聊聊,可现在我还不清楚:我们应该几点钟、在什么位置?伊万诺维奇先生,您今天还有其他事情吗?"

我摇头。

"我这次来日本日程很紧密,不过今天一天是我的时间。"

"我明白了。我问一句:您这次在日本待几天?"

"往后有五天。"

"您只待五天,而我们可以占用其中一天吗?"

"是的……"

"您似乎不大习惯资本主义啊。"

这是她爱说的笑话吗？不大有趣，我耸耸肩。

"我看这样挺好：您接下来慢慢游览、观光这个城市，傍晚时我们再联系、会合，您觉得呢？"

我基本上拿定了主意：

"如果不妨碍您的工作，我们一起走，可以吗？"

太刀洗似乎对此提议有点吃惊。

"我没关系……我觉得这样也许不会太愉快吧。您时间宝贵，观光游览不挺好？"

"不。"

我摇摇头。

我现在为一家意大利企业工作。以前在政府机关上班，现在不可能了。来日本是为了工作，而来这个城市，则只为见太刀洗女士，别无其他。

她是我妹妹的朋友。我妹妹在日期间，跟几位日本人成为好友。我妹妹评论说，她尤其有趣。对于我来说，不妨说，见她是我来日本的目的之一。

其实，如果能在东京见面是最好的，但她实在无法安排。她在电子邮件里提议"假如您真想见我的话，可以在八月七日这天，前来浜仓这个城市吗"。我接受了，来到了这里。我并不是来这里观光的。

也许太刀洗看出了我的心思,也就没再说什么。她一边转身一边说:

"我明白了,那我们走吧,伊万诺维奇先生。"

我点点头,跟在她身后。

我们钻进了在站前等客的出租车。太刀洗简洁地指示了目的地。

但是,头发花白的司机没有回头看,却用日语嘟嘟囔囔地说着什么,太刀洗回了两三句话,语气很肯定。他们的对话我只听出了一个短语"支路"。

车子慢慢开出。我问深深坐进座位里的太刀洗:

"有什么情况?"

"小事情。只是说,因为有交通事故,得走别的路。"

站前车辆很多,我们的出租车迅速排进了等交通信号灯的长长队列里。我打算跟她聊聊妹妹在日期间的情况。但是,感觉不宜在她工作期间打扰。

太刀洗表情不大丰富,乍一看甚至以为她正生气呢。如果我对她一无所知,会以为是我惹她不快了,或者是我对所有日本人持有错误认识了。但是，我听我妹妹说：太刀洗女士没表情，属于她的个性；其实她是有非常敏锐感性的人。我还听说，她的冷淡甚至让她的朋友们为难。十五年过去了，不知道太刀洗女士变成什么样了呢？但至少，不苟言笑这一点，跟我听说的一模一样。

信号灯转绿色。出租车拐了弯，就像按键放导游解说词一样，太刀洗平稳地说起话来：

"这个城市两面是山、两面临海，是非常容易防守的地形。为此，在日本的内战时代，大体上是十六世纪前后，有一伙英勇善战的武士以这个城市为根据地。他们现在已几乎没有影响力了，但当时遗留下来的神殿非常有名。我们现在走的路，就这样笔直通往那个神殿。神殿祭祀着名为'八幡'的战神，我们现在去看看，跟打仗没有关系。

"神殿上有许多供品，供品带有上供者的心愿。数量最多的是'绘马'，一种绘了神画的木牌，很便宜的东西。这座神殿往往被介绍为当地居民心灵栖息处，实际上真有信仰的人并不多。"

我挺吃惊的，因为我不明白太刀洗为何以这样的解释开头。我看着她仍旧脸朝前方的侧影，渐渐明白了。我说道：

"太刀洗女士，您不必介绍城市。我妹妹也许对这些表示过兴趣，但我是来日本做生意的。来这个城市，是为了见您。"

"……是吗？"

"还有，"太刀洗悄然瞥我一眼，我跟她开玩笑说，"您不必担心我是不是感觉无聊。"

太刀洗的表情这才显得和缓一点儿。

出租车随即偏离了刚才太刀洗介绍的路，在X字形大桥的一个十字路口拐了弯。

这里是单向三车道的宽路，虽不至于走走停停，但相当拥挤。

"汽车数量很多啊。"

"是的。这里是中央大道，是这个城市的大动脉。刚才开过的桥的十字路口，是去神殿的路与中央大道交叉的地方，早晚都堵车。"

我突然有了一个疑问：

"太刀洗女士，您对这个城市很熟悉啊。您在这里居住过吗？"

"我吗？没住过。"

"也不是出生在这里的吧？"

"您也知道我的出生地吧，不是这个城市。我因公干来过这里几次。"

"因为工作？"

太刀洗点点头，突然望向车窗外。我也被其吸引，扭头去看。原来是一座样子奇特的巨型建筑物，像一根扭曲的大圆柱。

"那是什么？"

"是市政府。这一带集中了警察署、法院，等等，是城市的心脏。"

出租车从样子奇特的市政府一侧驶过时，太刀洗便扭头看着我，一张东亚人的面孔在打量我。"对了，我们今天一整天一起行动，所以，我觉得说说我目前的工作比较好。您想听听吗？"

"那当然。"

"说来有点儿话长，不过正好用来消磨抵达目的地的时间。我头一次来这个城市，是为了调查大学图书馆发生火灾的事。我有一位学者朋友，据他说，那个图书馆馆藏的古文书极其重要。对于这个城市也好，对于那方面的学者也好，火灾造成了重大损失。"

"因破坏而失去记忆装置的悲痛，我想我也能够理解。"

我这么一说，她略微垂下了视线。

"……关于这一点的悲痛，您更明白些吧。"

司机说了什么。我以为他也懂英语，对我们的交谈插了话，但我弄错了。太刀洗和司机干巴巴地说着，结果是出租车开进了一条小巷。

也就正好一辆车子宽的小巷子，司机面无惧色地驱车前行。我心里担心着擦过车窗的电线杆，问道：

"看来，您是在保险公司工作？"

太刀洗的眼睛一下子瞪圆了。

"抱歉、您说我在哪儿工作？"

"保险公司。"

她突然嘴角一咧，浮现了极富人性的笑容，与迄今冷冷的表情完全不同。果然，我心想，妹妹一定是看见太刀洗女士这样的表情，喜欢上她的。温暖的笑容瞬间消失，她似乎为自己情感的流露而惭愧，更加认真地说：

"哪里，不是。虽然您的推论符合情理，但我的工作并不是保险。我的工作是更加……"

她流畅的英语一瞬间错乱了。我拿不准她的发音。

出租车像表演般灵巧地钻出了小巷，回到稍微宽阔的道路上。

"伊万诺维奇先生，很抱歉我没有告诉您：我的职业是记者。"

不知不觉中，出租车的速度慢了下来，停在像是学校的建筑物前面。太刀洗付了钱，我们下了出租车。暴力般的酷暑再次袭来。

太刀洗没有跟我对视，定定地看着出租车远去的方向，说道：

"六天前，发生了一起杀人案，一名十六岁少年杀害了一个三岁女孩。我打算调查这件事，写成报道卖给杂志。"

她只是用余光瞥我一下，接着说：

"我觉得，这不会是好受的事情。时间宝贵，我们观光游览吧！"

二

时间流逝，日照越发猛烈。

我大致明白她建议观光游览的理由。但是,一个孩子杀死了另一个孩子,尽管确是悲剧,却并不罕见。我解释自己不会神经质到承受不了悲惨事件。她说声"明白了",就迈步走了起来。

我们默默地走了一段沥青路。太刀洗突然开口说道:

"我说一下案情好吗?"

虽然无可无不可,但既然一整天与她一起行动,不知道她行动的意义就实在没意思。

"请吧。"

太刀洗点点头,她的说法里头没有装腔作势的地方。

"好的。这一事件很煽情,非常引人注目,但令人觉得单纯。

"被杀的女孩名叫松山花凛,她和母亲两人住在一栋公寓的一层。母亲松山良子二十岁,也就是说,良子十七岁时生下了花凛。被逮捕的少年按日本国内法,没有报道姓名。但是,没有姓名的话,跟您说起来不方便,我就说出来吧——他名叫松山良和。您也许察觉了:死去的孩子的母亲,跟被逮捕的良和是姐弟俩。也就是说,死了的花凛和良和的关系,是外甥女和舅舅的关系。

"事件发生在八月一日的傍晚,现场是良子居住的公寓房间。住在对面公寓的人目击了事件;相对而建的两套公寓之间,隔着一道低低的绿篱。这位目击者是一名老年女性,据我之前见她和交谈的印象,她眼睛、头脑都挺清楚。

"据目击者说,案发当天她听见男子粗声粗气说话,就望向对面的公寓。隔着窗户,她看见了敞开胸部的花凛和跨站在她上面的良和。他正用小刀猛捅花凛。事后知道,花凛的伤口超过了十处。但是,死因据认为是第一下捅的,刺中心脏。目击者证言中,死者所穿的睡衣上衣,在警察到来时没有了。据认为是良和拿走了。

"目击者作证说,自己曾和良和对视。良和随即逃出了房间,第二天在鱼市场附近被发现,但成功地逃脱了;再接下来的一天,在浜仓八幡宫,他藏身神殿被捕。他手上拿着带血的小刀,血迹与花凛的血型一致。

"据良子的供述,自己公寓的另一套钥匙只给了良和。良和承认自己的犯罪行为。如果您有不明白的地方,请问我吧。"

太刀洗的说明简明扼要。可以看出,她是把这个案子当成日常业务之一对待的,不带有先入之见。

我稍微想了想。

"的确,看来是非常单纯的事件。有目击者,犯人逃亡然后被逮捕……当然,最大的疑问,应该就是他为何杀人吧。不过关于这一点,您接下来会说明吧。现在我想问的有三点,首先,良子和良和二人的父母是什么情况?"

回答迅即出现:

"母亲已经死亡。父亲活着,跟良和一起居住。父亲本身没有固定工作。他最稳定的收入,以前是从良子的钱包获得,现在是从良和的钱包获得。良和做着几份兼职。"

"哦。那我问第二个问题,死去孩子的父亲是什么情况?"

"情况不明——不是下落不明,是谁是父亲,这情况不明。"

"我明白了。那么,最后一个问题:事件发生之后,身为母亲的良子是怎么做的呢?"

太刀洗向我转过脸,微微点点头:

"这是极为重大的要点。"

她情不自禁地放慢了脚步。

"刚才说,案子发生在傍晚,但准确地说,是傍晚七点前。太阳还没下山，周围是夕照，应该还相当亮堂。良子对当天的活动作了如下供述：

"五点钟左右，因为女儿花凛睡着了，就把她挪到凉快的地方，然后出门买东西。当时，她切好了西瓜作为花凛醒来时吃的零食——西瓜，您明白吗？"

"是的。"

"她锁上房门外出。买好东西回来时，她的住处已经被警方封锁……她回家的时间是八点半。"

"八点半？"我不禁开口问道，"她留下三岁的女儿在家，去买了三个半小时东西？"

"据良子的供述，是这样。"

"究竟她去买了什么东西？"

"她说是晚饭的食材。"

谁会相信这话！或者说，她的住处位置偏僻，购买食物要花几个小时？又或者，在这个城市，食物实行配给制？看我愁苦的神色，太刀洗轻轻叹一口气。

"这是事件刚发生后的供述。此刻警方应该找到其他信息了吧。遗憾的是，这些信息传到我这样的人手里，得过一些时间和费一些事，有时还得付费。"

"您觉得，良子那段时间在干什么？"

太刀洗很慎重，斟词酌句地说：

"难说……不过，据说她回家时酩酊大醉。还有，现场留有一个切好的西瓜，没人碰过。一般说来，作为三岁孩子的零食，这是挺不正常的量。"

说到西瓜，总得有排球般大小。且不说年轻时，现在的我可吃不掉整整一个了。

一留神，我们正站在抹不去杂乱印象的街景中。相对于站前丰富的原色，此刻我所看见的，是钢筋混凝土的灰色、褪色沥青的黑色，以及生锈似的红褐色。眼前的几栋公寓，或屋顶茶褐色，或通往二楼的铁梯子红褐色。有几家独门独户，全都被水泥墙围上了，感觉与其说是防范外敌的东西，毋宁是一个把房子硬塞进狭窄空间的模板。

四周不见人影。拐过一个街角，只在一栋毫无个性的二层公寓前，聚集了几个人。其中有一个人穿浅蓝色衬衣，我知道那是日本警察的制服。太刀洗说道：

"有同行呢。请您稍等一下，我只是拍一下照片，马上回来。"

"那么说，那栋建筑物就是？"

"对，那就是良子和花凛住的公寓。"

于是，太刀洗从挎包取出一个小小的照相机，朝那栋公寓走去。我按她的吩咐，离远一点儿等她。我对于悲剧现场并无兴趣。我定定地注视太刀洗的身影，看她在烈日下走来走去，寻找拍摄公寓的合适角度。

我产生了即视感——感觉已无数次见过那些人手持照相机走来走去。

只不过，我见过的是要拍摄废墟的人，而不是杀害幼儿的现场。他们手里也不是那么小的照相机，而是装配上长焦镜头的相机，或者肩扛式的摄录机。非常多拍摄者到访我的街区，几乎所有人都想谴责我们。也曾有麦克风伸到我面前，问我"关于你们的错误行为，你有什么话要说"。我应该回答"在这里，这是常见的事情嘛"。我不知道，那些摄像镜头会在哪儿的国家电视台播出。

对我来说，突然就回想起这些，已经习以为常。而且，那些事已成过去，现在已经不再让我痛苦。就像太刀洗女士面对工作对象的悲剧，不感到悲痛那样。

只是，太热了。

在我熬不住酷暑之前，太刀洗返回了。她一边将照相机放回包里，一边说：

"让您久等了。"

"事情做好了？"

"是"字刚刚出口，太刀洗紧接着说："不，又有一个。"她从挎包里取出一件小小的东西。我瞥一眼，是个指南针吧。她像手捧宝石似的拿在手上，将跟前的公寓与涂成红色的磁针比照着看。

"门口基本上是朝东。"

我觉得她在自言自语，而她自言自语时，理应是说日语的。也就是说，即便她全身心投入工作，也留意着我。

"我是在画那所公寓的示意图。从门口通过厨房到唯一的房间，是一条直线的结构。与门口相反的位置有晾晒的地方。隔着这个玻璃门，良和被人目击了作案过程。"

我问道："弄清楚这一点，会怎样呢？"

"当天的气候，是整天晴朗。目击者看见的良和，是在夕阳照射下，用自己的小刀捅花凛。在目击的女性眼中，恐怕是一片红彤彤的吧。"

"然后呢？"

太刀洗若无其事地答道：

"我通过积累一些细致的描写,可以写出让读者比较感兴趣的报道。虽然不影响这篇稿子的价钱,但如果获得好评,就容易得到下一个工作了吧。"

我们又上了出租车。这个城市狭窄的路多。像太刀洗说的,因为是老城市吧。我看着电线杆在离车身仅数厘米处掠过,问道:

"太刀洗女士,您怎么会当记者的呢?"

她对这个突如其来的问题似乎有点儿不知所措。

"很早以前的事了,我忘记了。"

路上拥挤,车子开不快。满载建材的大卡车堵住了路,我们的车子一直在寻机右转。车子里头统一为黑色,感觉凉快,但与车外温差太大,那对于我来说不大舒服。

"您刚才说,我不大习惯资本主义……"

"对。"

"看来是那么回事。我理解不了的事情挺多的。例如,您的工作也是其中之一。太刀洗女士,您是怎么做,才让自己的工作正当化的呢?"

她没有轻易回答我的问题。她紧闭双唇,默默思考着、最后摇了摇头。

"是否正当化了,这个质疑很沉重……我喜欢调查,也比别人擅长。我只是把它当作生活手段,并不是觉得正当而做的。"

她的话,我不能原样接受。恐怕这里头,也含有某些超越语言的、微妙的意思吧?然而,我跟她相比,文化背景差异甚大,还有,我们都是用英语表达的。基本上,不是母语的语言,在传达心思上面都难以说是充分的工具。

"至少您没说自己是对的。您真这样想,还是另有理由呢?我想您明白,我并不是在批评您或者您的职业。只是,我真的不能理解——您胜任这份工作的理由。冒昧地说,谁都讨厌被别人窥视家庭隐私。但是,您的工作,不正是这样的吗?"

"您的见解,"太刀洗的声音非常淡定,"跟您自己的经历相关吗?"

"也许是吧。"

"伊万诺维奇先生,如果那些经历不成为您的负担,"她盯着我的眼睛,说道,"您可以告诉我吗?"

"……对您来说,可能不是愉快的事情。"

"没关系。"

我虽然不愿意提那些事，但人家恳求的话，我也没有理由拒绝。我无需整理思绪，那是从前的事，是已经深思熟虑的体验。我躺坐进座椅里，开始叙述。

"正如您所知，我的国家蒙受了战火。关于那场战争，存在着种种看法……"

太刀洗不动声色地听着。

"他们事前就准备好了结论。早知如此的话，本来可以说得更好的。

"……有一位帮助我们的加拿大人，他以联合国的名义工作，为我们冒着生命危险。他在封锁一切消息的时候，尽可能对我们公平，还为我们提供食物和燃料。他是我们的朋友。但是，对他而言不幸的是，他不知道您的同行们事前定下的结论。那位加拿大人为争取公平，却被严厉谴责为不公平，被你们弄得身败名裂……对不起，是——被他们。

"我能理解，那是工作需要。但是，我不明白的是这件事：怎样才能做到，把这样的工作正当化、让自己感到自豪？"

我说完，闭上嘴巴。太刀洗好一会儿没有说话，表情也没有变化，简直就像没听见我说话一样。

出租车在长长的沉默中行驶，一留神，车子进入了和刚才几乎一样的宽阔道路。车窗外一片晴朗。

过了一会儿，太刀洗平静地说道：

"我想说说我正在调查的案子的最关键部分。这，是我对您的问题的回答……您愿意听吗？"

我默默地点点头。她从挎包里取出一边用夹子夹着的几张纸。

"这是松山良和的手记。"

她嘟哝一句"能翻译好就好了"，然后开始读起来。

三

写这篇文章的人是我——松山良和。是我自己决定写下来的。我神智完全正常。精神鉴定的结果，也将证实我神智正常。

杀害松山花凛的是我。

那天非常热，我心情很糟，像脑子要融化掉一样。打工的地方休息，我躺在榻榻米铺的毛巾被上，一整天昏昏沉沉的。好几次想出门去有空调的地方，但又觉得与其出门，不如家里还凉快一些。因为身上没有分文，所以没心情出门。

到了傍晚，突然，我心里不安起来：这么热，花凛怎么样了？因为花凛虽小，姐姐却不时地把她关在家中，自己出门而去。姐姐家也没有空调，我想去看看情况。

警察跟我确认了好几次，但我并不是一开头就想杀人的。我心血来潮地往姐姐家走，是常有的事情。我其实是姐姐一手带大的。即便她生下孩子、另外住开了，我依然心怀感激。要定计划杀害她女儿，实在是难以想象。

我出门基本靠自行车。途中，我没跟任何熟人打过照面。公寓的房门上了锁，我喊了门，但没有回音。平时姐姐不在家时，我时不时也闯进去，那天我也擅闯进门了。就像我担心的那样，花凛单独一人在很热的房间里睡着了。电风扇开着，但几乎不顶用。花凛看上去很热，皱着眉头，被噩梦魇住了。我看她好可怜，想帮她降降温。我打开了窗帘，但西斜的阳光很猛，我想不出能凉快一点儿的办法。这时候，我发现花凛大汗淋漓。

我脱下了花凛的上衣。这一点，警察一遍又一遍地问了我，但我完全没有对她施以性暴力的心思。我这样想：因为实在被问得太多了，我现在也搞不清楚了，我是打算干什么。大概是没有那种打算的。

我脱下她衣服的时候，原先睡着的花凛醒了。她认出我之后，拼命大哭起来。我不知怎么办好。我想告诉她，我是松山良和。因为花凛还是没有停止哭泣的样子，我虽然很讨厌说出自己是谁，但还是一再说我是小舅。但是花凛只是哭喊，不管不顾。

我渐渐生起气来。我心想，这生物怎么这么难对付啊。她就是那种肆意占用姐姐或者自己时间的年龄。姐姐一直以来尽力使我免于暴力，使我免于贫困。如果说，所谓家人，是对人有某种目的而起作用的工具的话，对姐姐来说，这工具经常发生故障。好不容易我已能自立（虽说是不充分的），她能够拥有自己的时间了，这一回却是花凛绊住了她的腿。我感到，花凛占据了我以前的位置。

对着继续哭闹的花凛，我突然非常憎恨起来。我从兜里掏出小刀。工具会扩大人类，小刀扩大了我的手的作用。那是很有胆的事情，我经常带小刀在身上。虽然我从没有实际使用过，但用那么一下，利刃确实比我的手有效率。就扎了一下，花凛仿佛就离开了自己的躯体，大大地扩散了。

警察问我，我脱下的衣服怎么样了。我清楚地记得，那件衣服是怎么样的，是孩子自己也方便穿上或脱下的薄睡衣，扣子大大的。但是，我不知道那件睡衣怎么样了。到我要下手时，它应该还在的。

我扎一下感觉很不安，就一再一再地扎花凛。那是很难受的经历，好像自己被刀割一样。不知不觉中我喊叫起来了。跟住在对面建筑物的女人目光相对，我觉得就是这个时候。我做了对不起她的坏事，因为我让她看了她不会想看的东西。

我对花凛的怒气一下子就消失了。很显然，这是难以忍受的可怕行为。我想撇下一切，一走了之。

最后扎的位置，我记得很清楚。我要把夺取花凛性命的利刃扎向哪里，我拿不定主意。最初想扎在胃部，但没做到。最终我扎在她头上。因为我觉得，如果扎了所有回忆已消失的脑子，可能我的举动也全都会消失无踪吧。那时候我真是这样想的。我的想法是否异常，由作精神鉴定的医生判断吧。

我逃出姐姐家。我心想,既然被邻居看见了,警察很快就会来。我很害怕。我骑上来时骑的自行车,匆匆逃走。我逃回到心里头去了。我等待着谁来迎接我,最终,是警察来迎接我。

这就是发生在我身上的所有事情。我完全是按照自己的意志写的。但愿有人能够理解我吧。

"顺便提一句,"太刀洗说,"从松山花凛的致命伤处,发现了纤维。"

四

我们进入一个大十字路口边上的西餐厅。我有印象来过这里,应该是被解释为去神殿的路与中央大道交叉的地方吧。玻璃窗外的马路,此时此刻并不算拥挤。

"这附近有好渔场,鱼很鲜美。"

可这家店子的菜单上却没有鱼。我指出这一点,她不介意地说:

"现在季节不对,再过些时候,就能捕到大量鲜美的鱼。"

"挺遗憾的。"

"伊万诺维奇先生,您喜欢吃鱼?"

"对,"我微笑道,"我国面临亚得里亚海嘛。墨鱼很美味哩,虽然意大利菜在世界上更有名气。"

太刀洗欲言又止,也许她想说"是吗",但取而代之的话是:

"城里有个大市场,被称为本市的'胃'。去那儿的话,这个季节应该也能吃到鲜美的鱼。"

我笑着摇摇头,说道:

"其实我也很爱吃肉。"

最终,我要了红酒炖牛尾。太刀洗女士点了炖牛舌。加了酱油的调味对我来说挺新鲜,总而言之,菜式无可挑剔。然而饭桌的话题却是血腥的杀人案,跟午间餐桌不大协调。

"那份手记被公开了,作为显示松山良和异常的资料,现在在这个国家变得很出名。我很担心自己的翻译能否传达出微妙的语感,那篇文章是以极冷静的日语写成的。"

我点头。

"关于这一点,您很好地传达出来了。"

"非常感谢。"

"就是时常出现的比喻不好理解。什么胸啊、腿啊……"

之后好一阵子,我们专注于进餐。

当然,我对太刀洗女士的回答并不满足。

对于她的回答,我并不是有特别的期待;我问了她,她却念了杀人犯的手记作为给我的回答。但是,我感觉这样的回应还不够。为什么她要我听手记?我到现在仍然不明白她的意图。

不过我没去催促她解释。的确,她的同行曾严重背叛过我,但完全没有理由就此断定,连她也是一个不负责任的人。不,事关我妹妹的名誉,我相信她是诚实的。

太刀洗接着说话,是在她已经搞定了沙拉、炖牛舌以及有嚼劲的米饭,桌面摆上了两杯饭后咖啡的时候。咖啡挺淡的,不过我已经习惯了这种日本式的咖啡了。

"尽管这手记很有名,出处却不明。所以呢,感觉是警方有意泄露的。意指松山良和精神状态无碍,但其人格极为异常，也就是说，他有必要送通常法庭审判……现在，这个国家的舆论倾向于这样处理。这或许就是将手记泄密的人的愿望吧。"

"'通常法庭'？"

"噢，不好意思。这个国家有'少年法庭'的制度。"

她向我简明地解释了这个国家的审判制度。这些事情并不难理解，我很明白对孩子应该有针对孩子的法庭的想法。

突然，太刀洗的视线转向了窗外。来来往往的车子、巨大的桥、桥上的日语广告板以及压倒性的太阳光线映入眼帘。我回想起前不久难熬的炎热，感觉难受的环境，必然会降低人性。

接下来的话，太刀洗应该也是用同样声调说的吧。但是，我不得不说，这个努力失败了。

"……现在，正打算全部披露他的隐私吧。"

"……由你们披露？"

这个问题里头，并非没有用心不良之处，但太刀洗仍旧眼望窗外，断然地说：

"对，由我们披露。"

"比如说吧——"太刀洗开了腔，收回眼神。

"伊万诺维奇先生，您知道日语词汇的'宅'吗？"

我感觉听过，但是，我跟太刀洗女士的聊天，似乎进入了一个纤细而微妙的阶段。这种时候，不大明白的词汇，不应该似懂非懂。我摇摇头。这时，太刀洗露出了难以言喻的、淡定的笑容。

"那太好了。"

"为什么？"

"虽然使用的话，能够简便地传达事态，但不使用对我来说心情更好。这个词汇贴标签的力量太强。松山良和——也就是说，他是少数的、有某种趣味的人。那些未必直接与性倒错相关，但被认为有某种联系的，不在少数。"

"对那种趣味，我恐怕一无所知，"我小心翼翼地插话，生怕妨碍了太刀洗，"那恐怕是一种普遍的偏见，在一些文化圈里非常常见。"

她点点头，口吻稍有和缓：

"话虽如此，我自己也有不明确之处，是否可以绝对地断言，那纯粹就是偏见……所谓'不刺激本能的趣味'，存在吗?"

"关于这一点,我也作为生意的一环尝试研究研究吧。"

我苦笑道。太刀洗微微点头,脸上恢复了无表情。

"总而言之,为此就曝光了松山良和的所有东西——他房间里的东西、他书架的书。虽然冷静地看,那些东西既非特别大量,也非特别异常,但他的趣味与犯罪就被拉到一起了。

"恐怕许多人相信他是嗜虐幼童者吧。于是,就会认为那就是他杀人动机的根本。因为我们是这样传达出来的。"

"的确如此。"

"就这样,完成了针对他的包围网。"

太刀洗端起咖啡杯,轻轻抵着嘴唇。我也伸出手,要去拿自己的咖啡杯——

"虽然这样,但警方还没有将案子交付检察起诉。"

她这句话让我停住了手,我问道:

"……因为发现了纤维?"

"那也是理由之一。"

从被害者的伤口发现了纤维。

那意味着,被害者是在穿衣服的状态下被刺杀的。如果那是事实，那就与杀人犯的手记发生矛盾。

据那篇手记说，小小的年龄就送了命的被害者，在被脱了衣服后哭喊起来，于是被杀。若是，则她中刀那一刻，必须是没穿衣服。

仅此可知，也许可以说犯人的记述异常，或者说记述虚伪，错误。但是，我记得，目击他犯案的人说，他骑在被害人身上。

也就是说，发生的事情应该是这样的：良和扎中穿着衣服的被害人的心脏，这时候，纤维进入了伤口。于是良和拔出刀子，骑在她的身上，扎了十几刀……

非常奇特的事情。而在依法治国的国家，留下奇特的问题就结束侦查案子，是难以接受的。目前就处于这样的状态。

想到这里，我明白了太刀洗女士一贯保持冷静态度的理由。

"您知道问题在哪儿吗？"

然而，她反问道：

"问题？"她的声音里似乎有点儿不胜其烦的意思，"问题在于这份手记被公开了……准确地说，问题在于手记未经加工就被公开了。"

我不明白她想说什么。

"加工?"

"对,是这样的。"

她轻拍装着手记的挎包,说道:

"没错,这是松山良和本人写的东西,是犯罪嫌疑人的亲述。而伊万诺维奇先生,处理信息上最不该做的,是原原本本地传达当事人的话。刚才您说,真相总会显现出来。可您也察觉到,这说法过于浪漫了。所谓真相,即若非那个样子,就麻烦了。

"当事人的说法肯定是需要的。不包含当事人说法的报道,谁都不相信。然而,当事人的说法,绝对需要加工。只需进行删减即可,但视场合不同,也有进行添加的。要加上一个前提:根据了解情况的人的说法。报道里面包含我们自己的话这一点,是基本里头的基本。

"可这份手记并没有经过那样的加工。原原本本。这样的东西很危险。我之所以说'问题在于被公开',就是指这一点。"

我对她的话困惑不解。"也就是说,"我语焉不详,最终挤出这样一句话,"因为那会导致误解吗?"

太刀洗恐怕是对我领悟能力之差生气了吧。

"不……当然是因为说的不尽是事实嘛!"

只有我们俩的餐厅里回荡着她的声音。

"松山良和写道,刀子扩张了自己手的机能。将工具理解为人类器官的延长,不妨说是常识性的认识吧。而将社会性机能理解为工具也是。

"那么,伊万诺维奇先生,您认为我们的工作,是人的哪种器官的延长呢?"

我感觉正被她用作试验。但是,我觉得那个问题的答案,不用想就很明白了。

"是眼睛吧?"

"然而,所谓眼睛,并不是为了看眼前东西的器官。"

她很明确地说:

"您肯定也知道:所谓眼睛,是人为了看希望看的东西的器官。会有错觉,对眼前东西视而不见。这绝不是眼睛这一器官的物理性局限引起的。正由于会略去不想看的东西、呈现想看的东西,才发生这样的情况。

"我们,是为了写出大家想看的东西而存在的。我们为此而调整事实，用心良苦地加工，这跟眼睛实际上做的是一样的。"

"也就是说，"我缓缓说道，"您想说，弄清楚真相，不是你们的工作？"

"我想说的是，那不是眼睛的工作。"

我们走出了西餐厅。午餐味道很棒，但我的心很苦。

太刀洗女士的话听起来发自冷静而深刻的现实主义，没有丝毫的浪漫。但实际上，那是程度极低的诡辩。

当世界上首次实行电话报时的时候，首推此事的法国人这样说："时间以收音机报时为标准。"而负责收音机报时的人这样说："最近方便了，因为只需以电话报时为准。"

但是，因为这样就可以说，所谓时刻是主观性的东西吗？她说，给人们希望看的东西。但是，能够诱导人们希望读什么的，不也是他们吗？

……只不过，对照我以往的经验，太刀洗所说的，感觉完全是事实。来到我国的记者们对预先设定事实并不感到惭愧。太刀洗的话直截了当地解释了其中的构造。他们，和读他们报道的人，自圆其说地制造出真实。身在其中的我，却相信"是非自在人心"——我的确没有适应资本主义。

然而，我的直率性格，掩盖不住对太刀洗女士的失望。我失去了跟她共进晚餐的心情。十五年的岁月，足以改变一个人。我只能认为：十五年前的太刀洗女士，是值得我妹妹尊敬的吧。我承认这次的浜仓之行是失败的。时已过午，空气中湿气和废气混杂，热乎乎的，几乎令人神志不清。

"我们得过那条桥，到对面去，"太刀洗说道，"……无论是往前走，还是回去。"

我默默跟在她后面走。太刀洗似乎充分察觉到我的失望。恐怕她预想到自己的话会被人家怎么理解吧，但她仍然说了，我不明白她为什么这样做。她是说，她并不在乎别人的误解吗？

桥涂成黄绿色，扶手处处有油漆剥落，呈现红褐色的铁锈。宽阔的阶梯中央是方便自行车通过的斜坡，每一级台阶都积了尘土，黑乎乎的。太刀洗抬腿缓慢，几乎令人怀疑上楼梯对她是个大难题。

上完阶梯，X型的桥全景进入眼帘。日光无遮无挡地照射之下，我感觉憔悴。但是一来到桥面，不知何故太刀洗的步速就快了起来。我从她的动作里看出了名堂：她似乎特别留意扶手的外侧……

她是在干什么？可我连问的力气都快没有了。太刀洗突然用日语兴奋地喊了一声，我来了兴趣。我走近去看，她探身到扶手外面，几乎忘记了我。她一向冷静的表情，也非常兴奋。

"怎么啦？"

我一问，太刀洗向我回过头来，使劲挥了几下手，说了几句，但不明白是什么意思。她做了一个深呼吸，恢复了平静，对我说道：

"不好意思，英语一下子出不来。因为事情比想象还要顺利！我原以为会隐藏得更加巧妙……"

太刀洗只说了这些，就打开挎包在里头找东西。扶手外面，竟有如此重要的东西吗？我默默地望向太刀洗看的东西——

桥外侧安装了金属广告牌，我看见那广告牌与桥之间，塞了一个鼓鼓的尼龙袋。尼龙袋很薄，恐怕就是商场购物时装商品的袋子。这个白袋子稍微透出里面的东西。可以看出是格子花纹。里头是布吗？似乎伸长手的话，也能够得着。我没想去取它，但突然想试试里头东西的软硬。就在我伸出手时，一个异常锐利的声音制止了我：

"××！"

听起来只是大喊一声，并没有意思。大概她说的是日语的"等等"或者"不行"吧。我吃惊地回头，见太刀洗几乎要扑向我。

对一袋丢弃的垃圾，她为何那么执着？我觉得奇怪，微笑起来。

"我明白啦，我不碰它。"

太刀洗慢慢收回伸出的手臂，把语言切换为英语：

"这样做很聪明。如果印上了指纹，那可是挺麻烦的。"

我恐怕是眉头紧皱的吧。我一边看她从挎包取出小数码相机，一边想她说的"指纹"和"麻烦"是什么意思。

我对自己的记忆力颇有自信。像以往一样，这种能力对我思考问题帮了大忙。我发现自己能够解释几乎所有跟太刀洗聊天时产生的违和感。于是，我终于理解了她今天的浜仓之行的理由。对太刀洗此人，也终于有些理解了。

太刀洗女士手持相机拍摄尼龙袋。

她拍了又拍。

在日本,蝉鸣宣告了夏天到来。太刀洗一边走下桥,一边说道:

"但是,现在没有蝉鸣。今天太热,就连夏虫都不叫了。"

今天几乎无风,而且是在空气畅通的桥下到阳炎颤颤的沥青地面。太刀洗对沉默无语的我说道:

"我们在这里打出租车。如果您想就这样回去……"

"我应该相信我妹妹关于您的说法。"

我说着,苦笑起来。但是,因为我是用本国语言说的,她只是一脸茫然。

太刀洗对车流举起手,叫了出租车。她看看自动开启的车门,再次问我:

"您怎么样?"

"上车吧。我也上车。"

于是我坐进了凉津津的车内。我对一时无言的太刀洗说:

"太刀洗女士,您挺公平的。"

"嗯……?"

"我来说目的地吧。抱歉,您可以帮忙翻译一下,告诉司机吗?"

"不是去车站吗?"

我摇头。

"不,要去的是……烧塌的图书馆。"

太刀洗女士那一瞬间的表情真值得一看。她吃惊地笑了,又不好意思地生气起来。

我们一直说不出目的地,出租车司机似乎很恼火。

五

出租车驶向浓绿的山中,我们不久就进入了一所大学的校门。入口处虽有门卫,但完全没有阻止我和太刀洗。

图书馆遗址也许就是我们短暂旅行的终点,黑乎乎的遗址上面,浮着永失无限睿智和记忆的悲哀——其实并没有。地已平整,拉了绳子禁止进入,处处有挖地基的痕迹,其余就堆放着建材。据太刀洗说,大学将重建作为最优先的工作。的确，缺少了知识聚集地的大学，是很不堪的。只不过，仅仅还原了建筑物，要恢复与之相应的价值，还要花费很长时间。

我们踏足火灾旧址，那上面堆放着金属板、电杆、木材等等。很快，有一名消瘦的男子跑过来了。他凶巴巴地对太刀洗说了什么，她从挎包取出一张纸片给他看，他就掉头回去了。我问了一下，太刀洗说那人是大学的，过来制止他们擅入禁地。而太刀洗给他看的纸条，是大学当局发出的、允许其采访这个图书馆旧址的文件。准备周到。对她来说，这个地方是一开头就有意来的。

燃烧般的夏日，我们流着汗寻宝。图书馆旧址比想象中大，足够有藏宝的死角。

开了洞的铁板堆放着，可能是用于脚手架的吧。我在铁板堆旁蹲下，问道：

"太刀洗女士，我还是不明白：那男孩子为何采用如此复杂且不确实的手段呢？"

太刀洗先是仔细观察整块空地的情况。她抱着胳膊，凝神注视着。对于我的问题，她简短地答道：

"……我觉得理由是很清楚的。"

"是吗?"

我掏出手帕,一边擦汗一边说。

"他是想保护曾经保护了他的姐姐吧。不难理解吧,这是他幼小心灵产生的英雄主义的愿望。"

"眼光老辣啊。"

太刀洗微笑起来,我耸了耸肩。

"没错。松山良和为了庇护姐姐良子,伪装成自己作案似的表演了一番。"

发生的事情很清楚:良和去看姐姐和外甥女,发现花凛心脏遇刺死了。于是,他认为不在场的姐姐是犯人,为了庇护姐姐,他就用刀刺了花凛的尸体。当时,为了让别人能目击自己作案,恐怕他甚至还主动拉开了窗帘吧。

"首先第一个疑问:为什么他判断姐姐是犯人?"

"从物理的观点来说的话,可能因为他去姐姐家的时候,姐姐家是上了锁的。他使用另配钥匙进入家中。这时,他看到外甥女死了。他认为姐姐杀害自己的孩子之后,用自己的钥匙锁上门逃走了,这是很自然的。

"不过,从心理上看,也可认为事情会更复杂。手记上写了,孩子妨碍了姐姐。我不认为那是良和的意见。即便是家人，替人着想到这种地步，也是十分难的。我认为，是良子自己对良和说，如果没有孩子，就会更自由了。正因为听说过这话，他才会认为，良子终于清除了妨碍者，并且在手记里写下动机。"

"这一点是最不可思议的。"

我一边说，一边窥看金属管。能看见几米外的地面。

"想庇护的话，不必写那样的手记；不想庇护的话，不必写什么手记，说一句'不是我'就行了。"

我蹲着抬头看时，太刀洗缓缓地摇头。

"他很苦恼。想帮姐姐的心思是真的吧。他感觉，自己对姐姐不幸的人生负有责任，希望帮姐姐顶罪。也许那是一种英雄的愿望，应该也是真实情感。

"可另一方面，背上杀人罪名的可怕，肯定又与时俱增。凭空被加上这条罪名，实在太可怕了。

"两种矛盾的心情合二为一，期待被察觉的同时，又坦白一番，希望别人看不出来。伊万诺维奇先生，我感觉他的心情是很明白的。"

我却不明白。我只觉得那孩子的态度模糊、自相矛盾。因为我不是日本人才这样感觉的吗？或者是太刀洗女士对别人的困境特别敏锐？我不明白。

在桥上发现的尼龙袋里的东西——肯定是松山花凛穿的睡衣吧？突然，我察觉一个大疑问：

"太刀洗女士，他为什么要脱下外甥女的睡衣？"

太刀洗正在窥看竖立着的薄板背后，她把薄板放回原处，说道：

"他去了姐姐家，看到外甥女淌着血倒在地上。这时他首先要干什么呢？"

我马上想到了答案。从经验上看——

"让她苏醒。他查看伤势，即便知道外甥女已死，也希望救活她吧。"

"那么，一个完全不具备医学知识的孩子，松山良和不愿意相信外甥女已经死了，他想要确认这一点的话，会怎么做呢？请您想想，他会尝试做什么？"

没错，我的问题挺笨的。

恐怕良和会把耳朵贴在睡衣上的心脏位置吧。如果什么也听不见，他会抱着一丝希望，扒开胸部衣物再听一次。也许还会尝试做心脏按压吧。但是，致命伤出现在心脏旁边，他一使劲的话，体内残存的血液会喷涌出来，不能施加压力吧。

他醒悟一切都太晚了。这时,他看见带血的厨刀,确信姐姐是杀人犯。他便去拉开房间窗帘,将自己的小刀插入少女的遗骸。时值黄昏,窗口在西侧。耀眼的夕阳下,他眯着眼睛,大喊着,吸引邻居的注意。

一切恍如噩梦。

但是,他弄错了。他是将睡衣半脱之下捅的刀子。衣服上留着真正的致命伤的刀伤痕迹。照这个情况的话,就是犯人刺了穿衣的幼儿,然后脱下幼儿衣服又乱刺一通。为了解决这个矛盾,他拿走了衣服。

太刀洗停了手,目光凝视周围。她走动起来,说道:

"是这里。"

她在长着杂草的一角止步。我走近去一看,小小的草丛边上,有一块地方挺不自然的,什么也没长。

"埋起来了?"

"大概是。"

"那,得有工具才行呢。"

我说着,她已经打开拎包,从里面取出园艺用的铁锹。这下子我也服了。

"连这个都带着!"

"我想过,万一也会有这种可能的。"

太刀洗女士拿起铁锹蹲身干起来,我站着看。她的胳膊细得可怜,挖进土里的铁锹却很有力,眼看着挖开一个洞。我很吃惊她哪来那么大臂力,但马上醒悟了:如果那地方最近被挖开过,泥土应该还不大结实吧。

没多久,连站着的我,也听见了铁锹触碰硬物的声音。很快,泥土下面出现了尼龙袋包裹的细长物件。

太刀洗女士掏出手帕拭汗。我说:

"是刀吧?"

她歪一歪头,说道:

"嗯,是的。是厨刀的一种……日语叫'菜刀'。"

太刀洗对着洞穴里的白色尼龙袋一阵狂拍。

我抬头看略微西斜的太阳,自言自语般说道:

"您真的挺公平的。

"我原先感觉奇怪:你我的英语都不是母语,但尽管那样,你的比喻很特别。我能理解把神殿表现为心灵居所,但说成是心或胃,恐怕更多的是将日语常用表达硬翻为英语吧。

"最初,我以为那是因为您不大习惯使用英语。但是,您的英语倒是太流畅了。因为我们在沟通上完全没有问题。

"那些比喻,全都是为了让我推测出良和的意图吧。"

太刀洗盯着相机镜头,嘟哝道:

"我没那打算——"

然后声音变得很小,补充道:

"……一开头。"

证明松山良和不是杀人犯的证据物——只穿了一个洞的花凛的睡衣和真正的凶器厨刀,没有留在现场。

睡衣藏在桥上。从被太刀洗誉为本地大动脉的 X 字形桥上找了出来。

——直到我动手为止,它确实是在的。

最初是想把厨刀藏在鱼市场周围的吧。但是,他在那里被发现、跟踪,放弃了匿藏。

——夺取花凛性命的利刃最后刺向哪里,我迟疑不决。最初想刺胃,但没做到。

太刀洗是怎么表达"鱼市场"的呢?对,她这样说的:这个城市的胃。

最终,凶器藏在了丢失全部记录的图书馆。大概良和认为，这里总要建起宏伟的建筑物，藏在这里就永远发现不了了吧。

——是因为我认为，如果刺向失去了全部记忆的脑袋，我的所作所为也将全部消灭吧。

将干线道路比喻为大动脉、将鱼市场比喻为胃的时候，失去了记忆的脑袋相当于什么呢？单单是"记忆"的话，也许会想到墓地，但我事前听太刀洗说过烧毁的图书馆。

于是，他潜入神殿，被捕了。

——于是，我逃进了心里头。

一边祈祷人家察觉，一边写下无从理解的坦白书。这样的心境，是我难以捉摸的。然而，把城市机能比喻为人的身体的思考方式，值得我注意。松山良和在手记里，记述了他的思考方式——将家人作为对人而言的工具。以为多余的部分，就是引导读者明白手记真实意思的关键。

我再次环顾曾是图书馆的建材堆放地。

"这个地方很适合隐藏凶器啊。但是，桥不是好地方。虽说是城市的盲点，但不可能永远藏匿。他为什么选了那个地方呢？"

也许已经拍完了吧，太刀洗的眼睛离开了照相机，一只手往脸上扇凉。

"……不可能有啥浪漫的理由吧。睡衣比小刀碍事,影响逃走。他是打算先藏好了,回头来取的吧。然而在这之前就被捕了。大概是这样子?"

我耸耸肩。因为我并没打算从杀人案寻找什么浪漫。

六

从大学到车站,打了最后一程出租车。

在浜仓站北口的检票口前,我们面对面道别。夏天的太阳很迟下山,可还是比刚才减弱了攻击性。

太刀洗女士瞥一眼手表。我并不在意,开口问道:

"太刀洗女士,厨刀就那样子没事吗?"

我们发现的厨刀,她碰也没碰就原样埋回土里去了。而睡衣最终也还留在那条桥上没动。不用说,那是极为重要的证据。但是,太刀洗似乎更在意手表的指针。

"不要紧吧。"

"那是证据啊。"

"……是记者发现的,话就不好说了。不要紧吧,迟早警方会找到的。我担心的，不是证据没被发现，而是警方察觉我先发现了。我觉得，应该没问题。"

"警方会发现？您觉得日本的警察能读出那份手记里头隐藏的信息？"

太刀洗的目光离开了手表，笑了。

"不会吧。警方不用这一招。"

"那么……"

"良和发出那样的信息，是他的内心在动摇吧。他承受不了——对于审讯也好、对自己的恐惧也好。往后几天之内，他就会坦白自己的所作所为了吧。"

的确是这样。我不知道日本的警方有多精明，但不可能没办法从这个胆怯的少年身上弄出真相。

我摇摇头。

"对他来说，是一件很煎熬的事情吧。他也许能逃脱恐惧，但要背负抛弃自己姐姐的内疚。"

"也许是吧……噢，十天吧，就这段时间。"

我不懂她在说什么。是说过了十天，就会忘掉内疚吗？当然，所有的内疚总会忘掉。但是，十天也太短了吧？

她似乎马上醒悟到我不明白她的话。她很克制地说：

"好了伊万诺维奇先生，认为杀人犯是良和的，是舆论；而认为是良子的，是良和。我们完全没有理由局限在二人身上。

"良子在事件当天，晚上八点半酩酊大醉回家。如果她是杀人犯，那三个半小时她干什么去了？她弟弟经常来家里玩，实际上那天良和也来了。良和有另配的钥匙哩。虽说是自己家，杀人犯在那种状况下丢下尸体三个半小时去喝酒，实在是岂有此理。

"良子回家之前，当然是一无所知的。她从一开始，就预定长时间……至少她是把一整个西瓜，不单预备给一个三岁孩子当点心，还是当晚饭的——她是打算离家这么长时间的。"

我有点苦笑，因为突然觉得她的辩解变得感性起来了。

"这当然是可疑的举动，但是，面对突然的死亡，其后的举措符合逻辑，这也很难，不成为断定良子不是犯人的理由。"

太刀洗叹一口气。

"……算了吧，我不打算转告您具体的查案情况了。

"我明白,伊万诺维奇先生。良子说过,她把睡着的女儿挪到了阴凉的地方。但是,实际上花凛睡着的地方,是连着外头的玻璃窗旁边。她家房间的玻璃窗向西,阳光能直射到,那地方就是房间里最热的地方了吧。

"当然,她拉上了窗帘。但是,她把女儿挪到西侧的理由不清楚。如果她不是想热死女儿的话,挪到窗户旁的理由是什么?"

这个问题的答案的确很清晰。我回答道:

"为了凉快。打开玻璃窗,让风进来,让女儿稍微舒服一点儿吧。"

"我也觉得除此之外别无其他……可是,尸体被发现的时候,玻璃窗是关着的,为什么呢?"

"大概良和要——"话刚出口,我就察觉自相矛盾。"……噢噢。良和为了让人看见自己作案,甚至打开了窗帘呢。"

太刀洗的表情缓和下来。

"是的。他为了引人注目,还大声喊叫。他有理由打开玻璃窗,却没有理由关上。您说过,您不明了良和写手记的心境。可我是明白的:良子外出至良和来到前,有别的人进了那个房间。"

我几乎要咋舌：这种事情，我怎么一直没察觉？

"那么，真正的犯人……"

是从玻璃窗进来的吗？然后作案后，从哪里跑掉的呢？

良和来访时，不单玻璃窗锁好了，连大门也上了锁。

这么说，只能是犯人从玻璃窗外出，又用特殊办法从外面锁好窗户；或者从大门出去、上锁。良子房间的玻璃窗一侧，从邻居处看得清楚。与其考虑犯人在窗外做容易暴露的小手段，毋宁考虑其有房间钥匙更为自然吧。

但是……

"房间的钥匙，只有良子和良和有。"

太刀洗断然否定了我的自言自语：

"不对。"

"可您确实……"

"我说的是：良子只给了良和另配了钥匙。

"良和的钥匙有机会另配，也有人需要吧。那个多次悄悄进她房间的人。说得更加明白一点的话，因为良子有了自己的住处，有人就不能从她的收入里偷取零花钱了吧。"

太刀洗女士反复说明的话语里，于平静中隐含着热情。我皱起眉头，问道：

"但是，那么……不管是哪种情况，不会是对良和而言很纠结的结论吧？"

然而，她回答的语气，马上恢复到原先冷静的状态了。

"如果他们之间留有父子情结的话，也许是吧。"

不用说，她指的是良和和良子的父亲，也就是花凛的祖父。私下里配制了儿子的钥匙，用它潜入女儿房间偷窃，孙女一闹就下了杀手。的确，像太刀洗最初说的，这似乎是一件非常单纯的事件。

她最后没忘记小心叮嘱道：

"不过，也有可能是良子作了虚假供述，实际上另配了许多钥匙。也有可能是租房中介偷懒，前一位住客退租后，没有换锁……我倒认为其他说法都靠不住。警方要做这样的基本侦查取证，不太费事的。"

"如果您是返回东京，马上有特快进站。"

太刀洗又看一眼手表，说道。我抬手制止了她。

"在此之前，我想问您一下。"

"……什么事？"

"关于'眼睛'。"

我见她一下子眯起眼睛。

"您说过：眼睛会删掉不想看的东西，只看见想看的东西。

"但是，假如您把今天调查的情况写成报道，就成了看见不想看的东西的眼睛。因为您的报道断然否定了松山良和是犯人嘛。您说的，这个国家的舆论倾向于给松山良和定罪，不是连他的隐私也曝光了吗？在这样的状态下，提出其他想法，我认为并不是'眼睛'的工作。您觉得呢？"

没有回应。太刀洗并不是选择闭口不谈。她欲言又止。我觉得饶有趣味。

"您是怎么把您的工作正当化的呢？对我这个问题，您以这个案子作了回答。既然这样，您应该解释一下您的回答。

"……但是，假如您有难言之处，我来说吧。太刀洗女士，产生错觉的不是眼睛。眼睛不过是镜头而已。只要有光线，全都映照出来。如果影像错乱了，那是周围肌肉造成的。而如果不想看的东西被删除，那就是……大脑造成的。

"假如您仅仅是眼睛,就必须忠实于大脑了吧。对于判断为大脑不想看见的东西,必须视而不见。但是,据我的记忆,对于我将您的工作比喻为眼睛的说法,您自己没赞同,对吧?"

"……并非不赞同。"

"那么,您可以宣称:自己的工作,是眼睛的延长吗?"

太刀洗还是无言。

"您肯定不开心的。泄露那份手记的警方没有察觉那是松山良和的无罪坦白书。将之公开的人,也没有察觉这一点。没有被解释为良和苦恼的信息,舆论将其作为证明良和精神异常的东西。结果,即便他被释放,生活环境也极其不利。

"事关此案的人,恐怕都会这样说:'再怎么说,有这样一份手记可是事实。'但是,那是'眼睛'的辩解。正因为这样,您才在餐厅里语气很重地说,事实得经过加工……不是吗?"

太刀洗移开视线,嘟哝了一句。她说的是日语,我理

解不了。在这里使用日语是不公平的。看来她自己也觉得不好意思,斜视着我小声说:

"在不摄取酒精之下回答那个问题,对我来说非常困难。"

我笑了。

"那请您再听我一个推论吧。

"假定您的报道会刊登出来,并且被松山良和读到了。他在牢狱之中,是多么安慰!因为他明白即便自己说出了真相,也没有出卖姐姐。或者,他察觉会出卖父亲而更加踌躇。

"您不正是以自己的方法,多多少少也要去拯救那可怜的少年吗?"

我察觉,让所有东西都在黑白分明的夏日日照下,太刀洗的脸色多了一层红润。那是一整天都在晒太阳的结果吗?

"太刀洗女士,我妹妹觉得,她很理解您。即便过去了十五年,您的性格也跟她所见一样,没有变化。"

"……我年过三十了,被别人说跟十几岁时一样,高兴不起来。"

"不过，我觉得我妹妹有您这样的朋友，挺幸福的。"

我想起了妹妹十五年前的话。

她在日本交了一个朋友。一个纯真、正直、温柔的人成了她的朋友。而据她说，这个少女很害羞。

现在，这个害羞的少女变成了女记者，带着自豪，却因害羞而不谈论她的自豪感。

……直到现在，妹妹也像插在我回忆中的一把刀。对她的回忆，总伴随着火焰和瓦砾、消失了的祖国南斯拉夫和无能为力的自己的身影。时光在生存者身上累积。

"太刀洗女士，可以的话，请按照预定计划，我们一起进晚餐吧。请把我妹妹在这个国家的一举一动都告诉我。"

"如果我没有让您失望的话……"太刀洗说道，"说出关于她的回忆，我很乐意。"

看得见即将出站的列车，是前往东京的特快。

走钢丝的成功例子

一

救出户波夫妇，是长野县南部水灾救援中最受欢迎的话题，几乎可说是唯一话题吧。

十二号台风从骏河湾登陆，八月十六日，风力不算太大，但雨势甚大，到了第二天十七日，长野县南半部受到前所未有的暴雨袭击。在西赤石市，十七日下午也大范围发布了避难指示，消防署人员巡视市内，指导避难工作。在有大片农田的大泽地区，指导避难工作的消防署人员很偶然地目击了泥石流的发生。

在大泽地区北端，接近山坡的高地上，并排立着三家民居。泥石流停止时，其中的一户已经完全被埋；另一家的建筑物一部分被泥沙冲垮；没受损的一家也被切断了与外界的联络手段。被孤立起来的这一家的住户，就是户波夫妇。

房子虽然没事，但夫妇俩均已年过七旬；身体虽无大病，但随时出问题也不奇怪。他们与被泥沙埋掉房子的两家人无法联系，事态可谓处于危急之中。

西赤石市消防总部马上向松本市请求支援，当天傍晚，有一支抢险队抵达，但救援作业极为困难。三所民居并排立在高地上，从东至南，被一条水沟似的河流围绕。平日的话，这只是一条浑浊的涓涓细流，根本就不像一条河；现在河上唯一的桥也被冲走了，泥石流的现场成了没人能靠近的陆上孤岛。麻烦的是民居上方拉了高压线，连直升机也靠近不得。北面是山，踏足松垮的地面就太冒失了。余下唯一由西过去的通道，则为泥石流所堵塞。抢险队一番研究之后，明知危险，也只有翻越垮塌下来的泥沙这一个办法了。

实际的作业从十八日早上开始，但抢险队在泥泞中寸步难行，倒下的树木和大石又阻挡前路，有崩塌预兆时只得临时撤退，白费了许多时间。抢险队一步步开路前进，终于有希望救出户波夫妇时，距离台风袭击已是第四天、八月二十日早上的事情了。

这次救援行动引发全国注目。长野县南部的豪雨导致二人死亡、五人失踪；失踪者之中，有四人是被大泽地区的泥石流埋在家中。虽然没有说出口，但谁都知道凶多吉少。县内交通网络瘫痪，农作物损失数额每天暴涨，许多人家地板下进水或水漫到地板上，备受煎熬。"受够了。太多悲剧了，不必播更多惨状。好歹救出户波夫妇，作为此次灾害的结束吧。"这恐怕是观看电视直播的人的心声吧。救援终于开始时，现场立着几台电视摄像机，数十名记者端起了照相机，好几架直升机盘旋在空中。

我作为西赤石市的消防团员，也出现在救援户波夫妇的现场。

从松本市赶来的抢险队，冷静地解决了多得像绵绵细雨般的一个个难题，实实在在地迫近目的地，终于向崩塌泥石流处送去两名队员。

如何从单门独户的房子里救出户波夫妇，有两条路可行。一是沿抢险队员的来路，也就是带领他们从泥石流上撤离现场。另一个办法，是设法渡过水量增大了的河流。在现实中，因抵达目的地花了不少时间，河水已有所下降；而抢险队员花了整整两天才通过的通道，要户波夫妇走出来，的确很不现实。不必费事研究，就定下来采用渡河撤离的方案。抢险队射出钢丝绳，在河两岸固定好。一人先扶钢丝绳渡河，探测流速和河深。三天来的苦战进展顺利，决定性的行动方案用十五分钟左右就定下来了。

消防团得到的任务是在下游待命。抢险队要背着户波夫妇过河，万一队员或户波夫妇被河水冲走，连钢丝绳也断裂，我们就要投放发泡苯乙烯的救生圈。到那种状态时，救生圈是否顶用，我们都心有不安，不过我们明白，这是最后一道防线。

天气炎热。虽说刮过台风，但台风过去了的十八日以后，长野县酷暑持续，感觉从没这么热过。四名消防团员默默地等着行动开始。在上游，着橙色衣服的抢险队和急救车在待命，但至关重要的户波夫妇却总不出现。大家眼睁睁看了又看防水手表，秒针的移动迟缓得像黏住了。不安和焦躁混合之中，终于有人说"有动静了！"时，只见户波夫妇和抢险队员四人从民居走了出来。为了不妨碍救援而保持一段距离的报道人群中，发出低低的、喧哗似的欢呼，一阵按下快门的声音传来。直播也开始了，看得见戴头盔的主持人背向河流站立的身影。我感受到伙伴们的紧张，说道：

"开始啦。"

我认识户波夫妇。

我家经营杂货店，我也在店里帮忙。这一带也是老年人一个劲增加，商店就陆陆续续关门；尤其是远离了市中心的大泽地区，一般人都为日常购物烦恼。于是老爸买了一辆小面包车，开始了移动销售生意，经营范围不仅是杂货，还有食材和衣物。虽说没因切中需求而大赚一笔，但我认为，这确实是这一带居民所需要的。我平时主要看店，但也时不时代替老爸出门搞移动销售，户波夫妇也在我这里买各种东西。这年头偏执的老人不少见，但他们夫妇总是笑脸待人，只要遇上我，即便没买东西，也必定说好话："谢谢啦。好在有您啊。大庭先生可是咱家的安全带！"

无论如何都希望他们夫妇平安无事。自己为此能做的事情虽然微小，但好在还能做一点事儿，而不是光是祈祷。

出现的二人很小。也许困守三天，他们都精疲力竭了吧，二人都耷拉着肩膀，不过他们还是自己走路。他们慢慢下了高地，来到河流跟前停住。先过河的是老先生。

身背老先生的抢险队员小心翼翼地试探着，下了河。虽说水涨已多少放缓，但河水仍比平时深得多。河水浸至抢险队员腹部。他两手握住钢丝绳，缓缓横渡。

我屏息盯着这一幕，手上紧紧握着救生圈。抢险队员一步一步走到河中央。

也许捺不住紧张吧，伙伴中有人开口说：

"好慢啊。"

我不这样觉得。的确，抢险队员的前进速度难说快，但问题在于可靠，而不在于快慢。抢险队员手握钢丝绳的方式，一点点挪动的姿态都很稳当。户波老先生被背着，也没有陷入恐慌状态，很配合。我感觉一切顺利。

三天来救援中突发的事件没有再发生，抢险队员不负期待，安全过了河。消防团员们不约而同呼出一大口气。等在岸边的抢险队员比我们的伙伴先接过户波先生，给他披上毛毯。数码相机按快门的声音如同荡起一片涟漪，抢险队员直接把户波先生带上急救车。

新的抢险队员开始从河这边渡过对岸。他动作麻利，没有疲劳之色。我想，老太太也应该没事吧。

"成功了！救援成功了！"

我望向传来尖叫声的那边，只见某电视台的主持人手舞足蹈地报道户波先生获救。一想到她通过电视镜头，向数百万关注这场救援的观众表达户波先生获救的喜悦，连我也莫名地感到高兴。

二

一夜过去。

我家店子所幸避免了损失，但用于移动销售的车子浸了水，需要修理。值此关键时刻，本想为需要的人士送去需要的物资，但无奈车子遭了殃。因为老爸说"店里一个人能应付"，所以我决定一早就参与消防团的工作。

我原想大泽地区泥石流现场也需要人手，但人家说，搜索失踪者方面已经投入了警方和消防的力量，不需要消防团了。想想看，在那狭小的地方投入数十人，连转身都不便，且存在二次灾害的危险，像我们这样的业余人士去了也不好办。西赤石市处处有水灾的痕迹，消防团可做的事情数不尽。

我们消防团接到一项请求：将散布于市道的垃圾汇集到一个地方。虽然道路清扫车不久就会来，但不清理掉大件垃圾，支援物资也送不到位。我们来到市道，发现远离河流数百米的道路反光镜上，挂着濡湿的杂草；路肩上丢弃着发动机出了毛病的小排量汽车。我们冒着台风过后连日炙热的阳光，用轻型卡车运走流木和家具。

午饭时，我跟伙伴一起去一家熟悉的中餐馆。店子没开门，但从小便认识的店主笑称"做不出饭菜了"，不收钱就给我们做了简餐。我们正狼吞虎咽缺肉缺味的炒饭和炒菜时，近天花板的电视机开始播放关于水灾的新闻。

"哎，你瞧！"

我的一名搭档手拿汤匙，用下颚示意电视机。我抬头一看，播的是昨天救援户波夫妇的情景。

"现在慢慢进入河里，一脸凝重地下水了。看不见户波先生的表情……"

不知何故，现场报道的声音有些抑制。因为是昨天的直播，所以现在放的是录像。跟不久前在我们面前发生的一样，抢险队员安全地救出了户波夫妇。

镜头切换，播出了上救护车前的户波老先生。字幕播出老先生一再鞠躬、念叨的话：

"真是给大家添麻烦了……真是添麻烦了，实在是……"

不忍心看。没错，为救援户波夫妇，动员了包括我们在内的几十个人。但是，谁也不会埋怨吧。即便我们这些不是以救援为本职工作的消防团员，脑子里想的，都是希望他们老夫妇平安无事。假如户波老先生是顽固拒绝撤离导致受困，多少会觉得有点儿难辞其咎吧。然而并非如此。难以置信的大雨短时间内降下，三所民居后方的山瞬间垮塌。这不是谁的责任。即便退一步说"感谢各位救命之恩"，也算有这回事，说什么"给大家添麻烦了，真对不起"，我可就不爱听了。

画面右上方打出字幕"决死走钢丝！奇迹般的救援剧"。一位搭档耷拉着脑袋说：

"那不是啥走钢丝。"

的确，抢险队员是攀着钢丝绳过河的，说成"走钢丝"有点对不上，但我不太在意这一点。反而是后面的"救援剧"这个"剧"字，感觉不大妥帖。

户波老先生从画面消失，镜头移到演播室。在评论者旁边预备了一块大电子屏幕，以图解方式分析事态发展。年轻男子一身得体的西服，手持指示棒指点着屏幕解说。

"因为水灾，这一带断水，所以连被围困的户波先生家也用不上自来水了。电和电话还能使用……"

播放一张照片的特写：树枝倒在户波家墙壁上，仔细看时，可见上面缠绕着黑色的电线。我没察觉风有那么大！

"请看这里。应该是泥石流的原因吧，大树枝缠上了接入线，把电线扯断了。现在由田中先生说一下接入线是怎么回事。"

简而言之，因为接入民居家提供电力的电线断了，户波夫妇用不上电了。说来也是，这三天来，我晚上也曾去看过情况，但户波先生家没有亮灯。据说因为电话线也在同一地方，也被弄断了，不能通话。电视上说起了接入线断掉时该怎么办，年轻的专家只是反复强调：

"自己绝对不要碰它，请等待专家到来。"

电视播出广告，我移开视线，发现了店子里的红色柜台上放着报纸。从台风直接吹袭的第二天起，报纸虽不像平时那么准时了，但还坚持派送。虽然到了第五天，水灾报道下了头版头条，但头版左上角还放了彩色照片，报道户波夫妇获救。说明长野县南部水灾的报道在社会版，我放下筷子，翻到那个地方。

报上还写到了户波夫妇的邻居。我知道那里住的是原口老夫妇，报上称为A宅。据报道，泥石流擦过原口家。被泥沙埋住的，只是二层民居的一角。但是，偏偏这一"角"正是寝室。A先生夫妇……即原口夫妇不知凶吉，搜索行动正在持续。

我去大泽地区做移动销售时，原口夫妇没有跟我买过东西。他家老头年近九旬了，还自己驾驶轻型汽车去购物。我建议过一次：您不妨在我这儿试一次？他横眉冷对：怎么可以跟素不相识的人买东西？所以呢，我对他们夫妇没有好感。但我也从没希望他们遭遇不幸。发生泥石流后过去四天了，明知凶多吉少，我还是希望能活着找到他们。

我用汤匙把剩下的炒饭归拢，端起碟子扒拉进嘴里。广告播完了，电视节目回到"奇迹般的救援剧"的话题。

"其实，在户波夫妇生还的背后，有一出不为人知的父母孩子亲情剧……"

"亲情剧?"身边伙伴直接冒出一句,"父母孩子咋啦?还因此就获救了?"

救出户波夫妇的是松本市抢险队,不是其他任何人。对于昨天的救援,我也因稍有参与而自豪,所以对于"功劳"一改而为亲情剧,多少有些不耐。我又看起了电视:这是怎么回事?映像叙述开始了。

"今年的新年,时隔数年,三儿子平三一家来户波夫妇家拜年了。"

不知何故有点暗的画面放出一家三口的图像。

接下来好一会儿,讲述了老三跟户波夫妇的争执。说来也不是很大的事,他们之间早前就有争论,似乎老三想上大城市里的大学,而户波夫妇认为去哪儿上无所谓,上私立大学就付不起学费了。户波夫妇三个孩子都在城里成了家,据说盂兰盆节都回家,但新年好久都没回来了。老三也在上大学的福冈结婚了。

"为了让老人家看看孙子,平三新年过来拜年,走时留下了一样东西。就是这件东西,救了户波先生的命。"

画面漆黑,聚光灯打开,照在一个点心盒子似的东西上。

"炸薯片？"

搭档这么说也情有可原，但我一眼就看出是什么东西。电视上播出的，是咱家也有卖的商品。

"玉米片。平三先生给平时购物不便的父母买了方便保存、随时能吃的食物。"

恰恰与事实相反！

我不知道那是户波家的老三平三。说来是今年冬天，我在户波家附近，卖了玉米片给一个陌生男子。记得他说过"孩子早上没玉米片就不行"。——他并不是给父母家储存食品。因为买了好几盒，只是把探亲期间没吃完的留在了户波家而已吧。

"二位老人说，靠吃这些玉米片，他们在被封锁的三天里活了下来。"

讲述的画面播放了户波夫妇的声音。声音有些含混，而且没放画面，也许是电话采访的。

首先是老太太的声音：

"哦，哦，我们也不知道怎么吃，一边看盒子上的说明，一边做的。真是很感谢儿子。"

老先生的声音接着说：

"牙齿不好，没办法了；那就边等待边嚼吧。噢，幸好还顶了三顿饭。"

模拟叙述的图像结束，电视画面上出现了一位三十过半的男子，模样很普通，像个上班族。的确是似曾相识。男子挺紧张的，但难掩兴奋之情，眼睛里含笑。

"平三先生是这样说的——"

播音员接着说道，播放了平三的声音：

"想到我买的应急食物帮助父母坚持下来，真是很高兴。还好当时硬塞给父母，想着万一能用上。"

电视画面回到播音室，解说者开始谈论储备应急食物是多么重要。我感觉沉默怪怪的，就说道：

"卖那个玉米片给他的，就是我。"

不过，这番话没引起搭档的反响。只得到了诸如"哦，是么"，或者"跟电视台说吧，有宣传作用"之类满不在乎的反应。嘿，其他也没啥好说吧。我一看，大家都吃好了。我们不约而同站起来，跟中餐馆店主道了谢，开始下午的工作。

没到日落，我们基本上收拾好了阻碍交通的大件垃圾。

夕阳中，我回到前店后宅的家时，一位不速之客正等着我。

房前站着一位长发女性，她抬头望着二楼。我上前问她有何贵干，发现她的侧脸挺眼熟的——她肯定是我大学学姐！时隔多少年了？好怀念！

"您在这里有什么事吗……是太刀洗学姐啊！"

太刀洗学姐向我转过脸来。久别重逢吧，她一向无表情的嘴角，也浮现了微笑。

"大庭君，毕业以来第一次见啊。"

"吓我一跳！有十年没见了吧？"

"对呀，都变啦。"

我摸摸脑袋。念书时，总想别像老爸那样，可血缘关系是注定的，这几年眼看着发际线后退。

"是吧。"

我说着，打量这位师姐。她提着一个大挎包，穿着耐热的薄衣服。有光泽的黑发、细长清秀的眼睛、小而薄的嘴唇，每一个部位都跟记忆中一模一样。学姐没经历这十年沧桑吗？我不禁叹息般嘟哝道：

"……学姐没变化啊。"

于是，她用记忆中没有的柔声说道：

"实在不好意思啊。"

我是指容貌说的,感觉她听成了别的意思。或者,也许她特意曲解的。

太刀洗女士是我大学高一年级的学姐,她话不多,也不大出席联谊会之类,但属于一见面即予人强烈印象的那种人。在讨论班的课上,常常被她驳倒,即便对方声色俱厉,她也从不恶言相向。我那时还没摆脱高中时的"灌输"式学习态度,但从太刀洗学姐的举动中,领悟了在大学应该以"吸取"为基本方法。现在的工作中,没机会直接使用在大学学到的东西。可我觉得,从学生时代起确立注重思考,从现实中学习的姿态,真的非常好。这些不是全部,但一部分确实是得益于她。

真没想到还有机会见到她!我把一早就持续不断的体力劳动的疲劳也忘记了,声音都有点颤抖:

"精神好最要紧。我听说学姐是进了《东洋新闻》?"

太刀洗学姐摇头:

"出于种种原因,我辞掉了。"

"……是这样啊。"

"我现在是自由撰稿人。"

她说着，递给我一张名片，上面的头衔是"记者"。我双手接过名片，认真看过，问道：

"那，您是来本地采访？"

这是明摆着的事情。西赤石市蒙受了豪雨袭击，观测史上未见前例，她不可能是来观光。

"对。我有点儿事情想问问。"

"想问事情？问谁呢？"

"有几位……首先，是你。"

"嗬，是我啊？"

我说话声都有点儿走调了。

额头汗淋淋的感觉让我回过神来。日头虽已西斜，却没有丝毫凉快一点儿的感觉。真不是站着聊的气温。

"哎，总之先进门吧，喝杯凉麦茶。"

太刀洗学姐若无其事地说：

"太好啦，我正喉干舌燥的呢。"

房子的一层全部是杂货店，我跟父母住在二层。看店的老妈看来听了我们的对话，对美女来访没有多心，说了声"谢谢您关照犬子"。

在作为起居室使用的六张席子大的房间，我跟太刀洗学姐隔着矮脚饭桌而坐。我用客用茶杯上了麦茶，但声称口干的太刀洗学姐只喝了半杯。她把杯子放在茶托上，说道：

"昨天够呛吧。"

昨天忙乎一天，但要说我露脸的机会，还是救援户波夫妇吧。只是我们消防团在场这事儿，电视、报纸都没提过，白天看的电视节目上也没出现。可想的理由只有一个——

"您也在场？"

她点头回应："你看到报道的阵容了吧？我在那里头。"

"我没发现学姐。学姐看见我了吗？"

"远远看见你，最初不能肯定。记得你说是长野县人，真没想到会在这种情况下遇上大学学弟啊。我再用望远镜看，终于确定是你。"

"望远镜？"

"是我常用的工具呢。"

太刀洗学姐说着，拿起放在榻榻米上的挎包。我只知道学生时代的太刀洗学姐，对于她拥有一套拿手的工具，我感觉仿佛意味着流逝的时光，令人黯然。我抑制着这种情绪，笑着说道：

"您喊我一声就好了。"

"那可不行。你们负责投放救生圈的工作吧？"

"什么呀，我们哪有出场的机会嘛。"

太刀洗学姐用明亮的眼睛正视着我：

"不，干得很棒。"

对这句意料之外的话，我含糊地笑笑，应付地端起麦茶来喝。我没想到人人都紧盯着渡河的户波夫妇时，她竟然看见了我。

我清清嗓子，放下茶杯。

"……您说想问我，是什么事情呢？"

说不上是哪儿，太刀洗学姐的态度认真起来了："先问一句：我可以做一下笔记吗？"

"请吧。"

太刀洗学姐从挎包外袋取出革面笔记本和圆珠笔。

"我先确认一下：卖生活用品给户波家的，是大庭君的店子，没错吧？"

一时间我瞠目结舌：

"嗯，您在哪儿听说的？"

这虽然不算秘密，但也没人公开说过啊。

太刀洗学姐有点为难地歪着头，说道：

"不值得那么惊讶吧？户波先生家附近没商店，据我观察也没车子。似乎公交车线路也没有呢。我向附近的人打听，他们是怎么买东西的，结果得知，他们是从大庭商店的移动销售车购买的。"

"哦哦，是这样……"

的确，听来顺理成章。

"是的，老先生从我家的移动销售车买东西。"

"附近还有其他搞移动销售的店子吗？"

"没有。"

停顿了一下，她用稍慢的语速再问了一次：

"真的？"

怎么说呢？我没认真想过。我仰望天花板，思索起来。卖生活杂货的就我一家，而移动销售方面，的确想不出还有其他商号。

"……补充煤气和煤油，要逐家零售店跑。煤气是换瓶子。我小时见过卖豆腐或晾衣竹竿的车子，最近就没有了。"

"确实是。"

"还有搞废品回收的吧？……其他我不大清楚了。"

太刀洗学姐的表情缓和下来了。

"谢谢。这么说，可以认为，食材食品一般是从您这儿入手的吧。"

"不，那不是的。"

我随口那么一说，太刀洗学姐马上醒悟：

"对呀，我真是粗心大意。那附近农地多，户波先生家有自己的田地也不奇怪。"

"对。而且，也有交换剩余农作物的。"

"那一带有人搞畜牧业吗？"

"我觉得养点鸡的人家会有，但没有专门搞畜牧业的。"

太刀洗学姐一边听，一边挥笔疾书。我才省悟：她想知道什么呢？大泽地区没有商店，对于缺乏移动手段的老年人来说，日常生活颇感困难，这种现状确实有问题。但是，在前所未有的暴雨光顾本地之后，她的到来，并非为了解这一带购物如何困难吧？

我家生意与本次水灾的关联，想得出来的只有一点，就是刚才我在中餐馆对搭档说的事儿。也就是说,户波夫妇困守期间吃的玉米片来自我家的移动销售,仅此一点是大庭商店与水灾有关系的。可知的就这些,其余不知道。既然如此,唯有单刀直入问清楚。

"哎,就是说……学姐,您想知道什么呢?"

对方短暂沉默之后,回答说:

"我还不知道。我直觉存在着不可思议的问题。不过,是否说得清,可能要再做点调查才知道。也许是极单纯的事情也说不定。"

"您想知道户波先生买玉米片的情况吧?"

太刀洗学姐像人家说了理所当然的事情似的,不动声色地点点头,说道:

"是的。"

"那您为什么不直接问我:是你卖的吗?绕得挺远的。"

太刀洗学姐放下笔,伸手悠悠地拿起茶杯喝一口。她把杯子轻轻放下,稍稍歪着头,说道:

"我不该那么问吧?"

"为什么呢?"

"你想想看。"

她这么一说，我瞬间感觉学生时代的记忆复苏了：她不回答随意的提问。

"如果人家问：请告诉我，你向顾客卖了什么？你回答吗？"

……噢，的确是。

"您说得很对。顾客买了什么，不能随意说的。除非得到他本人的许可。"

"警方会那样问，但我不是警察嘛。我不想让回答的人心里留下疙瘩。"

她小声地嘟哝，好像不想被别人听见：

"尽可能吧。"

做事情不容易，但我略感无趣：虽然学姐做事正道，但我又不是素不相识的人，我帮帮您总可以吧。

"那，还有其他我能回答的吗？"

不留神透露了内心心声。太刀洗学姐定定地看着我的脸，面露若有若无的笑意。

"有件事情需要请教你。"

"您请说。"

"本店最后一次在大泽地区的移动销售是什么时候？"

我一下子泄了气：问题太简单了。

"大泽地区去两次，周二周四；上周周四因台风没去成，所以，周一……"我慌忙改口，"上周一是十四号吧？我们店也休了盂兰盆节，所以，应是之前的周四了。"

"这样一来，是十号啦。"

"对。"

我差点告诉她户波平三购买玉米片是今年一月份的事，但我又不能无视太刀洗学姐的关照，只能把话咽下去。电视上也说了，平三是新年来拜年时买的，这件事已经是广为人知的信息，我觉得学姐是明白的……或者说高手也会有失误吗？她手握笔，两眼瞪着刚刚写下的记录……

"八月十日。"

还是告知为好？我正想着，太刀洗学姐轻轻合上了笔记本。

"谢谢，大庭君。这样就容易考虑多了。"

我完全不明白她的问题是什么，什么事情容易考虑多了。还是存在着某些误解吧？学姐向我鞠躬致谢：

"谢谢啦，在你累了一天的时候来打搅。很高兴又见面了。"

她要站起来告别，我也跟着欠起身子。

"哪里，没说上多少话。嗯，学姐，您接下来是什么安排？"

太刀洗学姐背上挎包，答道：

"去采访户波先生。"

"采访户波先生？"

我不由得鹦鹉学舌地跟了一句。

"对，挺难的吧，可不见见他们的话，我的采访结束不了。现在去的话，应该不算打扰的时间，但也是挺累的吧。所以也许挺勉强的。我打算跟他磨到明天。"

"我也可以去吗？"

连我自己都意外的话冲口而出。我既想看看户波先生恢复精神的样子，也想知道究竟学姐在考虑什么。不过，请求同行的最大理由，恐怕是想跟久别十年重逢的学姐再说说话吧。出乎意料的话，让学姐眯起了眼睛。

她没问理由，略微想了想。

"好的。不过，"她附加了一个条件，"如果扑空，就抱歉啦。还有，即便户波先生表示讨厌采访，你也不要插话。因为我不想破坏你跟顾客的关系。"

"我明白了。"

"还有一点：如果你在场不便说话的话，可能要你离开一下。"

我不大明白她最后说的条件。方便跟乡里乡亲的我说，不方便跟初次见面的她说，这是有可能的；可她认为是相反的可能性。我点了头，尽管莫名其妙。

三

虽然大泽地区的水已经大部分退去，但有可能再次发生泥石流的户波家一带，仍然限制出入。据说户波夫妇住在指定为避难所的大泽公民馆。

用我的普锐斯车去那边。搞移动销售的小面包车坏了，但停在远离住宅的停车场的普锐斯则平安无事。没想到会用这辆车子搭乘太刀洗学姐，我心想，还好车子挺整洁的。

我们在车里几乎没有说话。学姐问了几个消防团的问题，我回答了。进入大泽地区，她的手机响了，她对我说声"抱歉"，接听了电话。

"喂喂……嗯嗯，没关系……好的，明白了……谢谢。"

她很公事公办地说完，挂断电话，眼看前方说道：

"原口家发现遗体了，就是户波家邻居。据说老两口都不行了。"

我倒吸一口凉气："是吗……"

好不容易才挤出这么一句话来。听说这位爱说三道四的老头死了，我也没有多少伤感，只是又真切地回味了一次：人是会轻易就死掉的啊。

"另一家人的搜索仍在进行，似乎很难有进展。"

"完全被埋了，确实难啊。"

她突然长叹一口气。

"只好庆幸，救出户波夫妇也太不容易了！"

大泽公民馆出现了。建筑物屋顶和墙壁都是镀锌薄铁皮，唯有大门口是纯木头，很气派。停车场很大，普通车子可停二十辆吧。不少丧礼在此举行，不算大而无当。

我把普锐斯停在停车场一角。一开车门，比白天还厉害的湿热空气扑面而来，感觉身上就要冒汗了。

停车场没有其他车子。日间电视上大肆报道了户波夫妇，我原以为会有一两辆电视转播车。

"没有其他记者来呢。"

"我想呢,电视台昨天该问的已经问了……杂志今天也许会来呢。运气很好!"

太刀洗学姐说起运气来了,我觉得多少有些不自然。我对她的印象,应该是不管运气好坏,尽最大努力争取最佳结果的、扎实的人。不过,其他记者来不来,我们是控制不了的,我也理解运气好的说法。

公民馆的门没上锁,太刀洗学姐一推门,门就吱呀吱呀地开了。大门口的水泥地上,摆着几双出外使用的尼龙拖鞋,鞋子只有两双,带着泥泞。此刻里头只有户波夫妇吧。虽说这里是公共设施,但明知有人的话,还是不宜直闯进去。我正想该怎么办,太刀洗学姐开声了:

"打扰啦!"

"……来了。"

大泽公民馆不是小建筑物,跟地区人口相比,它大得不成比例,房间数目也多。不过,应门声听来很近。

没多久,户波老先生出现了。我感觉惨不忍睹。上一次面对面是什么时候?还不到一个月吧?可老先生双颊黑瘦、眼睛浑浊,看起来一下子老了十岁。他没看太刀洗学姐，而是看着我，使劲做出笑脸，说道：

"哎呀，大庭先生。感谢您光临。"

我一步上前，递上从店里拿来的羊羹，说道：

"您平安无事太好啦。这是慰问您的。"

老先生瞪圆了双眼：

"劳您大驾，还这样子破费……"

"千万别这样说，您平安无事是最要紧的，一点点心意而已。"

"可是……"

"这东西能放，谁吃都行的。"

一番推让之后，他终于接下了。老先生把羊羹当金条似的宝贝地捧着，然后转身望向太刀洗学姐。

"这位是？"

太刀洗学姐躬身致意：

"抱歉突然打扰您。我是记者太刀洗。您肯定很疲劳了，我想请您稍微谈谈这次水灾的情况，好吗？"

听说是记者，老先生的动作瞬间停顿了。他的脸苦涩地歪着，只有眼睛看着我，仿佛在问："你为什么要带记者来？"承受着他的目光，我不禁辩白道：

"她是我大学的学姐。她说去采访,我就跟来了。"

户波老先生随即摆脱了瞬间的狼狈,尽管难掩表情的生硬,还是向太刀洗学姐深深鞠躬还礼。

"您特地前来,辛苦了。站着聊挺失礼的,里边请吧。"

"哪里,是我不好意思,占用您的时间了。"

"总之难得来一趟,请别拘束——虽然不是自己家,这样说怪怪的。"

"……那就承蒙您的盛情。"

太刀洗学姐脱鞋进入公民馆内,我也随之进入。

户波老先生带我们去的,是大门边上的小房间。房间铺了榻榻米,有四张半席子大;有个矮脚餐桌;户波老太太弯着背,坐在浅褐色的坐垫上。大泽公民馆内有的是大房间,都空着;可户波夫妇挑选了这个狭小的房间,其心境可见一斑。

老太太看见太刀洗学姐进入房间,就站了起来。不知为何,她的眼神显得很害怕。老先生简短解释一句:

"这位是记者,想问一下情况。"

老太太微微点头,对太刀洗学姐微笑了一下,说道:

"您辛苦啦,应该沏个茶的,可……"

"这里的茶叶也是市里的备用品,实在是招待不周。"

老先生接过话头,低头致歉。太刀洗学姐的表情似乎有点生硬:

"请千万别客气,我马上就要回去的。"

老太太还是说了两三句客套话,她这才发现了我的存在,脸上显得吃惊,垂下了视线。

小小的四席半房间里,只有两个坐垫,得有两人坐在榻榻米上。户波夫妇要让太刀洗和我坐坐垫,但我们坚决推辞,夫妇俩怏怏地接受了,四人围着矮脚餐桌而坐。我感觉到一种希望尽早结束的压抑。

"这次真是灾难。"

太刀洗学姐开了头。

"我们给那么多人添了麻烦,真不知怎么表达心中的歉意。"

老先生说着,低下了头。太刀洗没做笔记,不介意地说:

"看来气象厅也没预测到会是这么大的豪雨。我这次采访了相关的救援人员,大家都提到,二位老人家平安无事,太值得庆幸了。"

她最后附加了一句：

"我也是同样的心情。"

也就是说，太刀洗学姐传达说：泥石流是谁也没有预料到的，谁也不认为救援活动是添了麻烦，她以此激励二位老人。只是她的说法过于冷静，恐怕她的心情传达不到户波夫妇那儿吧。实际上他们不明白人家说了什么，只是含糊地表示：

"啊啊，实在是太过意不去……"

太刀洗学姐稍微打量一下四席半的房间，问道：

"是从昨天起搬进这个房间的吗？"

老先生点点头，絮絮叨叨地说起来：

"是的。消防方面很照顾，昨天先送我们去医院检查，医生说我俩都没事，我们以为可以回家去了，但据说宅子还很危险，又没有电，市政府方面的人说不行，带我们来这里了。还给我们坐垫和食物，实在是不好意思。"

听来他是尽可能一板一眼地陈述。三天里一直为全国所注目，还直播获救的场面，他竟然为此感到自卑、惶恐不安？我自以为作为消防团员参与了救助户波夫妇的工作，可我做了点儿什么啊？

面对户波老先生悲痛的心情，太刀洗学姐表情不变，只问了一句：

"二位老人家休息好了吗？"

说了想说的话，情绪放松一点儿了吧，老先生的表情也略有和缓了。

"是的，托大家的福……休息好了。"

太刀洗学姐把目光转向老太太，老太太的神色也缓和了。

"原以为陌生环境睡不着，真是托大家的福了。"

"那是最好不过啦。"

太刀洗学姐的语气略微柔和一些了。

九死一生获救的户波夫妇因操心而夜不能寐的话，连我都不爽。一句"已经休息好了"，实在令人欣慰。

四席半的房间一瞬间寂静无声。

我是个不大敏锐的人，但那一瞬间突然醒悟了：采访的开场白结束了，接下来才进入正题。

即便到此时，我还是猜不出太刀洗学姐的问题是什么。她也承认，她注意到玉米片这事。有何可疑之处吗？或者，不是玉米片本身，而是购买玉米片的户波平三有问题？户波平三购买玉米片，是今年的一月份。例如……他现在因为完全不相干的事情被怀疑，需要证明他一月份在哪里……之类。

"记者女士，"户波老先生怯怯地问，"您想问的就是这些吗？"

"不，"太刀洗学姐依然口齿清楚，"有件事情需要请教您。"

"您说吧。"

"在此之前，我先说明：如果大庭君不便在场的话，请您说一声。"

户波夫妇交换了一下不安的视线。太刀洗学姐等二人点了头，说道：

"那我提问题了：……玉米片上面，二位浇了什么？"

什么问题！

她赶来水灾恐怖笼罩下的西赤石市，采访了包括我的种种人，此刻终于接触到户波夫妇正身了，就为了问这个？我怀疑自己的耳朵。随便什么不行啊？太刀洗学姐究竟是怎么回事？莫非离开校门的十年岁月，她自己所追求的最重要主题,已经彻底舍弃了?

……然而,被问的户波夫妇的反应,却大出意料之外。

户波老先生一动不动,疲惫的脸绷得像一块石头,死死盯着太刀洗学姐。

老太太则恰成对照,在丈夫和太刀洗学姐之间游移着,张皇失措。

太刀洗学姐重复一次问题,声调不变。

"我听说您公子三平购买的、放在二位家中的玉米片,二位在水灾中吃掉了。那时候,玉米片上面浇了什么东西呢?"

老先生的表情随着第二次提问而变化了。

他凹陷的眼眶湿润了,随即就流下了大滴大滴的眼泪。

"那是……"

"老公!"

对妻子制止的声音,老先生摇摇头。

"没事的,我明白,没事的。"

"老公……"

"你没有不对,不对的,都是我一个人。"

对这句劝解的话,老太太俯下脸,呜咽起来。

户波老先生擦了一下泪水，挺直了腰，用比迄今更低沉的声音说道：

"您叫太刀洗女士吧？您……您问得好。总有一天要被问到的话，还是早问为好。谢谢了。"

于是，老先生瞥了一眼不明真相的我。

"您带了大庭先生来，我就觉得您可能察觉了。"

"我是觉得，说不定有那回事吧。"

"是吗……没错。我们在那些玉米片上面浇了牛奶。"

这是一般的吃法。

加豆奶或酸奶的方法，不时也有听说。但是，主流还是加牛奶的吃法。日间的电视报道上，老太太是说了不懂吃法，所以看着盒子的说明书做的。也就是说，户波夫妇并不是另有独到的吃法。

"那么……"

"没错，"老先生点点头，"需要电冰箱。"

我感觉脑袋被猛击一下：电冰箱！

是吗？原来如此。

绝对需要电冰箱的。在十二号台风袭击长野县南部的本月十七日以后，台风过后的长野笼罩在前所未有的酷热之中。

而且，户波夫妇弄到那些牛奶，是本月十日的可能性很高。因为户波夫妇居住在没有公交线路的大泽地区，平时靠我家的移动销售车购买食材食品，但上周的巡回日是十四日盂兰盆节，我家放假了，而接下来的巡回日则被台风搅黄了。今天是二十一日，假如是低温杀菌牛奶，早过保质期限了，即便是将其他杀菌法的牛奶放在阴凉处保存，也该用完告罄了。酷暑中，假如快过期的牛奶不放进冰箱，不用一个晚上就要腐败变质了吧。

但是，户波家没电。因为房子虽安全，但树枝缠上了接入线，把电话线和电线一起都扯断了。

有电冰箱之外的，低温保存牛奶的方法吗？流水降温如何？——不，不行。因这次水灾，大范围断水。

煤气呢？各家有煤气瓶，煤气应能使用。如果煮沸牛奶的话……不，无法想象三天里反复煮沸杀菌，都蒸发掉了。

那么，是怎么保存牛奶的呢？

太刀洗学姐说话了：

"请大庭君回避一下吧？"

户波老先生迟疑了一下，缓缓地摇摇头。

"不必了，听听吧。我已经厌倦了隐瞒。"

我屏住气息：

"户波先生……电冰箱，怎么了？"

老先生充血而通红的眼睛盯着我，声音颤抖着说道：

"电冰箱……是原口家的。"

原口先生。

户波家的邻居。很不幸，这次泥石流直接冲毁他家寝室，之前已确认二人死亡。

没错，泥石流袭击的只是他家的寝室。

老先生察觉我脸色骤变了吧，微微点了点头。

"我进入原口家厨房，把牛奶放进电冰箱里冷藏。"

"……"

"天一亮，食物眼看着变坏，救援也还指望不了。能放的东西也就几个梅干和儿子的那些干点心类的东西而已。我读了盒子上的说明，明白得浇上牛奶。可电冰箱遭了殃，牛奶很快也会不行的。我们都作了不吃不喝的思想准备。"

太刀洗学姐插话：

"于是，您就去了原口家。"

一直哭哭啼啼的老太太猛地抬起了头，说道：

"我家老头是去救人的。他说原口先生也许还有救，就带上了铁锹……"

"实在没救了，"老先生小声说道，"我知道原口先生被埋住了，可我一个老头，在一人环抱的大石头跟前实在没法子。这时候，我发现他家有电。于是我提出，把牛奶放进他家的电冰箱去。"

"不！"老太太哭喊道，"不是这样的！是因为我说，只要有牛奶，我们可以靠平三留下的土特产顶一阵子，对吧？"

"我听她这么说，就把牛奶拿到原口家去了。跟我提出来一样吧。"

我脑子里浮现出当时的情景：

远超预告的暴雨和随之而来的泥石流，将相邻两家人的房子埋住，另一家人则没有了人的气息。山脚的河流泛滥，冲走了桥梁。不知下一次泥石流何时发生，食用水和食物都没有指望，户波老先生拿起牛奶盒子出了门。他是要借用已被埋在泥土中的邻居的电冰箱。为了用得以保质的牛奶，制作、食用尚未弄清做法的食物。

我所想的无非只是这样一点：户波夫妇平安无事就太好了，如此而已。

不过，我也明白，户波夫妇为罪恶感所苦。就算是我，如果处于同样的状况下，也会无法对人言及，并且被这种无法对人言及的情况所折磨吧。

太刀洗学姐问道：

"原口家电冰箱里放的东西，您怎么处理的？"

"怎么处理吗？我没碰。"

老先生理所当然似的答道。

没错，原口家有食物。原口先生平日里是自驾车去购物的，他家应不受我们家盂兰盆节放假休息的影响，能够外出购物。

但是，户波先生说他没碰那些食物食材。即便以此为荣，没碰食材跟借用电冰箱，也不会相互抵消。

"……明白了。"

太刀洗学姐微微点头，说道。事到如今，我才发现太刀洗学姐没有做笔记。

"二位对我今天采访的处理，有什么希望吗？"

这话的意思应该是"假如二位不愿意，我就不发表"

吧。但是，夫妇俩都毫不迟疑地回答："就按您的意思处理吧。"

"不说出来真的很难受。您肯听我们说，实在太好了，这心情是真的。所以，我们也不会自私自利地说，希望您别发表出去。"

"我跟丈夫的想法一样。如果人家说我们是魔鬼，冷酷无情，也是我们应得的报应。"

"二位这种态度，"太刀洗学姐两手扶榻榻米，正坐着略略后退，深深地低头致敬，"我实在是钦佩。"

恐怕是无意识，户波老先生长长地舒一口气。

四

长长的夏日终于黑下来了。

远方可见泥石流吞没的高地。一朝一夕建不好新桥，而且重型机械也还没进场，人力搜索还得持续吧。如果搜索延长了，也许还要出动消防团。

我打开停在停车场的普锐斯车车门时，太刀洗学姐说："谢谢你载我来这里。我还想再看看这一带，回程我就叫出租车了。"

我想说那我也留下,但担心老跟着妨碍人家工作。

"明白了,您多加小心。"

"还会见面的。"

"一定。"

还是意犹未尽,我没上车,呆呆站着。太刀洗学姐跟我的工作几乎没有接点,在这里告别的话,也许一辈子都见不着了。

也许有其他更该说的话,但冲口而出的竟是:

"您会写吗?——户波先生的事,您会写成报道吗?"

户波夫妇说了,可以写。他们坦白了亏心事,轻松了,可我觉得,真写了、举国皆知的话,还是不太一样吧。世上也有缺心眼的人,他们会非难户波夫妇擅入失踪者家而保全自己的性命吧。

太刀洗学姐眺望着大泽地区的田园风景,点点头说:

"会写吧。"

"可是……"

"我明白你要说的话。不过,他们二位靠吃玉米片熬过三天的事情,在电视上播出了。我不知道他们是不小心说漏了嘴，还是出于罪过的意识，绕了圈子坦白了。我可以说的是，有一部分看了电视节目的人，会跟我一样有疑问吧。"

"您是为了解答疑问而写报道的吗？"

她细长的眼睛转而看着我，说道：

"这就是我的工作啊。"

"……"

"而且，如果没有信息，传言就会无边无际，变成了不负责任的东西了吧。虽然我写了也是影响力有限，但可以造成某个地方有正确信息。多少会不同吧。"

如果谁也不报道玉米片是怎么吃下去的，有人说户波夫妇吃玉米片是假的，其实是偷了原口家的食物，那谁也反驳不了。但是，如果太刀洗学姐把从户波夫妇处听来的写成报道，争论点就转移到信不信报道了。这些讨论未必有意义，但比起一边倒的诽谤攻击，就好得多……学姐想说的，是这个意思吧。

最后，我问了一件我怎么也搞不明白的事情。

"您怎么知道户波夫妇想坦白事实呢？"

户波夫妇心底里害怕，不希望任何人知道电冰箱的事情，事情若暴露，他们有可能陷入恐慌，这是可想而知的。惊弓之鸟的户波夫妇若忧心忡忡，引发多么严重的结果都不为过。

可实际上，户波夫妇说，您肯听我们说，实在是太好了。他们脸上也是卸下了千斤重担的样子。太刀洗学姐是怎么预见到这样的结果的呢？

我期待得到一个意料之外的回答。我以为，太刀洗学姐以某种方法读出了户波夫妇的心境，才进行采访的。那才是我学生时代尊敬的太刀洗万智。

然而，她说："这次纯粹是运气好。"

"运气？"

"对呀。"

失语的我的耳朵里，传来了独白似的声音：

"自己的提问，会不会让某些人难受呢？即便打算尽最大努力思考，最后都只能归结为运气。我总是在走钢丝……没有任何独到之处。这次纯粹是幸运的成功例子而已啦，总有一天会掉下来。"

假如作为记者提问是走钢丝，她迄今一次也没有掉下来过？

恐怕不会吧。大学毕业后一直干了十年记者，不可能事事顺利的。她迄今已让多少人伤心，让多少人愤怒？今后也将一次又一次地听到哭喊和骂声吧。

太刀洗学姐抬起头，慢慢走起来。

"有个地方我得先去一下。我还想再聊聊的，但不去不行啦。今天很高兴见面，再见！"

在被青翠群山围绕的信州，落日一旦触碰山巅，夜晚就来得很快。眼看着太刀洗学姐的背影慢慢消失于昏暗中，我再无一言，只能目送而已。念及她走钢丝的可怕，我只能在心里头祝愿她：

——学姐，一路走好。